Klaus Peschke

Der vierzehnte Gast

BLOCK

Klaus Peschke

Der vierzehnte Gast

Block

Impressum:

Peschke, Klaus:
Der vierzehnte Gast - Kriminalerzählung/Klaus Peschke
- 1.Aufl. - Stadt Bismark/Altmark OT Kremkau: Block-Verlag, 2016

ISBN 978-3-942589-46-8

Umschlaggestaltung: Block-Verlag - Helmut Block
Umschlagfoto: Helmut Kurt Block

Printed in Germany

Kapitel 1

April 19..

„Du wirst diesen Kerl nie heiraten! Verstehst du mich? Was ist er denn schon? Ein Bauarbeiter! Ein Habenichts ist er! Pah!“ Sie lachte hysterisch. „Ich begreife es einfach nicht! Ich möchte nur wissen, was dir plötzlich in den Sinn gekommen ist, dass du dem Jungen von nebenan den Laufpass gegeben hast.“ Die Frau, die dies sagte, schüttelte verständnislos ihren Kopf.

„Dabei ist der Matthias so ein lieber Mensch!“, begann sie wieder, auf ihre Tochter zu schimpfen. „Ihr seid ein Herz und eine Seele gewesen, habt als Kinder gemeinsam gespielt und seid gemeinsam aufgewachsen. Ich verstehe dich nicht, Mädel!“

Elisabeth Werner, eine große schlanke Frau, der man ihre zweiundvierzig Jahre nicht ansah, lag im Liegestuhl. Dieser stand im großen Garten hinter ihrer Villa am Stadtrand. Die Frühlingssonne meinte es sehr gut, so dass die Frau sich entschloss, ein Sonnenbad zu nehmen.

Zum wiederholten Male griff sie dabei nach ihrem Cognacglas und fuhr vorwurfsvoll fort: „... lässt den Sohn des Chefarztes sausen! Nur um sich so einen Kerl von Bauarbeiter zu angeln!“ Sie führte das Glas zum Mund und trank einen großen Schluck.

Nach einer kleinen Pause begann sie erneut: „Nein, Mädel“, sagte sie entschieden. „Nie werde ich die Zustimmung zu dieser Ehe geben!“ Dabei sah sie ihre Tochter, die an einem kleinen Tischchen unter einem Sonnenschirm saß, böse an. „Nie, sagte ich! Hast du mich verstanden?“ Dabei betonte sie jede einzelne Silbe.

„Ja! Ich habe deine Worte gehört!“ Der Trotz in der Stimme der Tochter war nicht zu überhören. Annegret, ein schlankes hübsches zwanzigjähriges Mädchen mit kurzen blonden Haaren, mochte diesen Ton nicht. Besonders dann nicht, wenn die Mutter, wie in diesem Augenblick, angetrunken war. Sie liebte Jörg, den Mann, den ihre Mutter in ihrem Hass immer nur ‚diesen Kerl!' nannte.

Die junge Frau erhob sich von ihrem Stuhl und stellte sich vor den Liegestuhl ihrer Mutter. „Rede nicht immer so abfällig von Jörg. Ich mag ihn! Verstehst du mich! Niemand und nichts bringt mich und ihn wieder auseinander! Höre endlich auf, dich immer zu betrinken!“ Und voller Wut schrie Annegret ihrer Mutter ins Gesicht: „Ich werde Jörg heiraten! Jawohl! Heiraten werde ich ihn! Und zwar so bald, als möglich!“

Dann lief sie ins Haus. Es war nicht das erste Mal, dass ihre Mutter ihr wegen dieses jungen Mannes Vorwürfe machte. Immer, wenn Frau Werner Alkohol trank, und das war nicht selten, schimpfte sie auf ihren zukünftigen Schwiegersohn. Annegret konnte es nicht mehr mit anhören. „Warum darf ich nicht den Menschen lieben, den ich mag? Das ist ja fast, wie im Mittelalter! Warum muss ich immer auf die ‚Etikette' achten“, schimpfte sie laut vor sich hin, während sie das Haus betrat. Sie hoffte dort, ihren Vater anzutreffen.

Hartmut Werner, ein kleiner dicker Mann von fünfzig Jahren mit flinken Augen, hatte in seinen jungen Jahren, wie er einmal erzählte, ausreichende Erfahrungen in punkto Liebe gesammelt. Ihm wollte Annegret sich anvertrauen. Er würde sie verstehen.

Ihr Vater war ein angesehener und vielbeschäftigter Anwalt. Er befand sich, wie so oft, in seinem Arbeitszimmer, und wollte nicht gestört werden. So lief Annegret in ihrer Verzweiflung die breiten Stufen des Hauses hinauf, in ihr Zimmer. Dort nahm sie das Bild ihres Freundes vom Nachtschränkchen und warf sich weinend auf ihr Bett.

„Jörg", sprach sie das Bild an, „warum macht es uns meine Mutter nur so schwer? Warum will und kann sie sich nicht mit dem Gedanken abfinden, dass ich dich mehr liebe, als Matthias?" Wütend warf sie sich im Bett herum. Tränen liefen ihr über die Wangen und verschmierten ihr Make up. Annegret schloss die Augen, und sie überlegte, wie es mit ihrem Jörg begonnen hatte. Ihre Mutter indessen goss sich im Garten erneut einen Cognac ein und prostete sich selbst zu. „Das wäre ein Pärchen", schwärmte sie laut vor sich hin. „Unsere blonde Tochter und der schwarz haarige Matthias von nebenan! Annegret als Schwiegertochter des Chefarztes! Und wer weiß? Vielleicht später einmal Frau Chefarzt selbst?", redete sie sich immer wieder ein. Dann trank sie den Inhalt ihres Glases in einem Zuge aus.

* * *

16. Juli

Monate waren vergangen. Zwischen Jörg und Annegret wurde bereits ernsthaft von der bevorstehenden Hochzeit gesprochen.

Annegrets Vater versuchte, seiner Tochter eine schöne Hochzeit auszurichten, doch scheiterte er an der Einstellung seiner Ehefrau zu Annegrets Bräutigam. Noch immer war

Annegrets Mutter nicht bereit, Jörg als ihren Schwiegersohn anzuerkennen. Wieder und wieder hatte sie versucht, die innige Beziehung, die Annegret mit Jörg verband, zu zerstören. So wurde die Hochzeit schließlich doch nur im engsten Kreis geplant.

Ja, selbst, als Jörg schließlich mit einem riesigen Blumenstrauß in der Hand, bei Annegrets Eltern erschien, weil er um die Hand ihrer Tochter anhalten wollte, zog sich die Mutter unter dem Vorwand, dass die Migräne sie plage, zurück, ohne ihre Zustimmung zu erteilen.

Von Annegrets Vater jedoch erhielt Jörg die erwartete Antwort auf seine Frage. Ihm war jeder junge Mann recht, der die Liebe seiner Tochter erwiderte und in der Lage war, sie mit seiner Hände Arbeit zu ernähren. Die Hauptsache für ihn war, dass Annegret ihn mochte, und dass beide glücklich wären.

Von Jörgs Eltern erhielt das junge Paar den Tipp, ihre Hochzeitsreise in einer sehr ruhigen und verschwiegenen Pension in Meuselroda, im Harz, zu verbringen.

„Ihr werdet sehen, die Zeit heilt alle Wunden! Wenn ihr wiederkommt, wird das Verhältnis zu Annegrets Mutter entspannter sein!", redete der Vater seinem Sohn zu.

So wurde die Hochzeitsreise geplant, das Zimmer gebucht. Und die beiden jungen Leute freuten sich auf die Zeit, in der sie endlich nur für sich da sein würden.

* * *

10. August

Dann kam der Tag der Eheschließung. Die hübsche Braut hatte ihre beste Freundin gebeten, ihr beim Ankleiden behilflich zu sein. Annegrets Mutter indessen hat sich mit einer Flasche Cognac und der Erklärung, dass es ihr nicht gut gehe, in ihr Zimmer zurückgezogen.

Auch Jörg lief aufgeregt im Hause seiner Schwiegereltern umher. Immer wieder wollte er wissen, ob auch seine Fliege richtig säße, oder ein Fussel auf seinem Anzug läge.

Hartmut Werner indessen schimpfte mit seiner Frau. „Trink nicht soviel. Was sollen denn die Leute von dir denken!"

„Ich wünschte, ich brauchte nicht mit dabei sein, wenn unsere Tochter diesem Dahergelaufenen zur Frau gegeben wird. Nein, Hartmut! Tut mir das nicht an."

„Was denkst du dir nur! Du kannst nicht einfach zu Hause bleiben! Die Gäste wollen dich ebenfalls sehen! Neben der Braut natürlich", versuchte er seine Frau aufzuheitern.

„Das kannst du stecken lassen."

Auf dem Standesamt waren dann aber doch mehr Leute, als es Frau Werner lieb war.

Annegret war eine hübsche Braut. Jede Dame, die bei der Feier zu Gast war, beglückwünschte Frau Werner zu ihrer Tochter. Und niemand verhehlte, dass sie einen schmucken Schwiegersohn bekäme.

Während der Trauungszeremonie saß Frau Werner wie unbeteiligt auf ihrem Platz. Hin und wieder wankte sie auf ihrem Stuhl. Vielleicht hatte sie schon am frühen Morgen zuviel Cognac zu sich genommen.

Einmal sogar murmelte sie halblaut vor sich hin: „Annegret, meine Tochter! Den Mann solltest du doch nicht heiraten. Du hättest Michael nehmen sollen.“ Einige der Gäste blickten sich entsetzt nach ihr um, und auch ihr Ehemann sah sie vorwurfsvoll an.

Als Annegret gefragt wurde, ob sie Jörg Schneider zu ihrem Ehemann nehmen wolle, hätte Elisabeth Werner am liebsten laut gerufen: ‚Sag nein! Mein Kind, sag nein!‘ Doch Annegret antwortete klar und deutlich mit „Ja!“

Nach der Eheschließung umarmte Frau Werner ihre Tochter und weinte. Jörg, ihren Schwiegersohn, beachtete sie nicht.

Dafür sprach Hartmut Werner seinem Schwiegersohn aufmunternde Worte zu und drückte ihn an sein Herz. Zur Feier, welche im größten Restaurant der Stadt stattfand, kam die Brautmutter nicht. Sie blieb, unter dem Vorwand der Migräne, zurück. Jörg hielt sich während der Hochzeitsfeier mit dem Trinken zurück. Er wusste, dass ihm am kommenden Morgen eine lange Autofahrt bevorstand. Die Hochzeitsreise!

* * *

Kapitel 2
11. August

Die Nacht war kurz. Schon am frühen Morgen fuhren sie mit Jörgs Fahrzeug in Richtung Harz. Annegret war glücklich. Sie freute sich darüber, dass ihr die Mutter nicht noch größere Schwierigkeiten gemacht hatte. „Endlich sind wir nur für uns da“, strahlte sie.

An einer Raststätte machten sie eine Pause. Annegret hatte

flüchtig ein paar Stücke von dem kalten Büfett eingepackt und reichte ihrem Ehemann das Paket.

„Das kann ja heiter werden", sagte dieser und wiegte seinen Kopf bedenklich hin und her.

„Wieso? Ist etwas nicht in Ordnung?", wollte sie wissen.

„Da habe ich nun eine Frau geheiratet, und sie war nicht einmal in der Lage, mir eine Doppelschnitte für die Fahrt einzupacken", lachte er.

„Ach, du Dummchen. Wann hätte ich denn die Schnitten machen sollen", entschuldigte Annegret sich und gab ihm einen Kuss.

„Möchtest du einen Schluck Kaffee?", fragte Jörg, und er reichte seiner Frau den Becher, in dem er aus der Thermoskanne das heiße Getränk eingegossen hatte.

„Nein! Danke! Ich halte es sowieso nicht mehr lange aus. Ich sehe einmal nach, wo sich die Toiletten befinden." Dann ging sie langsam in die Richtung, in der sich das Hauptgebäude der Raststätte befand. Annegret verschwand in dem großen gläsernen Gebäude.

Als sie zurückgekehrt war, fragte sie ihren Ehemann besorgt: „Ist mit mir irgendetwas nicht in Ordnung?"

„Wieso fragst du?"

„Die Leute haben mich alle so komisch angesehen."

„Ach", winkte Jörg ab. „Sie haben gesehen, dass du auf der Hochzeitsreise bist."

„Wieso das?"

„Weil du so glücklich aussiehst."

Annegret lächelte. Sie packte alles wieder zusammen und verstaute es in einem Picknickkorb auf dem Rücksitz.

* * *

„Entschuldigen Sie, bitte! Wie kommen wir von hier aus weiter zur Pension »Waldesruh«?"

Jörg Schneider, der junge, frischgebackene Ehemann, war aus seinem Wagen gestiegen und lief auf ein Grundstück zu, aus dessen Hoftor gerade eine Bäuerin kam. Er sah sie fragend an. „Wir möchten zu dieser Pension und wissen nun nicht mehr weiter." Er schaute sich unschlüssig um. In dem kleinen Dörfchen, das er kaum auf seiner Straßenkarte fand, gabelte sich die Straße. Und nun wusste er nicht, welche der beiden Straßen er weiterfahren sollte. „Die Pension musste sich hier in der Nähe befinden. Sie soll auf einer Wiese am Waldrand stehen. Aber wo? Überall ist Wald!"

Die Bäuerin deutete mit dem rechten Arm eine Richtung an und erwiderte freundlich: „Fahren Sie dort entlang!"

Jörg lief zu seinem Fahrzeug zurück und stieg ein. Er startete seinen Wagen wieder und wandte sich lächelnd an seine junge Ehefrau: „Siehst du, die vielen Kilometer bis hier nach Meuselroda bin ich ohne Komplikationen gekommen. Jetzt, auf dem letzten Stück musste ich nun doch noch nach dem Weg fragen."

„Mach dir nichts daraus. Wichtig ist doch, dass wir überhaupt ankommen. Ach Jörg, ich bin ja so glücklich", sagte die junge Frau strahlend zu ihrem Ehemann. Dieser lächelte zurück.

Nachdem sie eine kurze Strecke gefahren waren, hörte die Straße auf! Nur ein Feldweg führt weiter und verschwand im dichten Wald. „Was jetzt? Meinst du, dass die Bäuerin uns den richtigen Weg gezeigt hat?"

Annegret zuckte mit den Schultern. „Sie ist doch hier zu Hause. Sie wird doch hoffentlich wissen, wo sich die Pension »Waldesruh« befindet."

Sie fuhren weiter. Der Wald umfing sie dicht und schwarz.

„Ist das gruselig hier, ein richtiger Hexenwald“, stellte die junge Frau fest.

Ihr Mann indessen schaltete die Fahrzeugbeleuchtung ein. „Na, nun unke mal nicht so. Wir sind auf der Hochzeitsreise! Du bist seit gestern Frau Schneider! Jetzt hast du einen richtigen eigenen Ehemann und brauchst dich nie wieder wie ein Kind zu fürchten.“

Die junge Ehefrau schmunzelte ihren Mann an. „Einen eigenen Ehemann? So richtig nur für mich?“, fragte sie neckisch zurück.

„Nur für dich allein! Zufrieden?“

„Ja, sehr!“ Sie war glücklich.

Inzwischen wurde der Wald lichter. Als er sich öffnete, lag vor ihnen eine große leicht hügelige satt grüne Wiese und darauf befand sich ein großes mit Schiefer gedecktes Haus.

Die Pension besaß eine Terrasse, um die sich große Büsche herum zogen. Neben diesem Haus standen zwei stattliche Kastanien. Die gepflegten Blumenrabatten rechts und links neben dem Eingang verliehen dem Haus eine anheimelnde Atmosphäre.

Das zweistöckige Haus besaß einen einstöckigen Anbau. Dieser beherbergte die obligaten Wirtschaftsräume. Mitten auf der Wiese neben dem Hause stand eine uralte knorrige Eiche.

„Das muss es sein! Herrlich!“, freute sich die junge Frau. „Hier ist es wunderschön“, schwärmte sie. „Sieh nur, das richtige Nest für unsere Flitterwochen. Weit und breit kein weiteres Haus. Hier werden wir bestimmt durch niemanden gestört. Endlich habe ich dich nur für mich allein“, ergänzte sie, während sie sich der Pension näherten.

„Komm schon, hör auf zu träumen und hilf mir, wenigstens die Taschen ins Haus zu tragen“, antwortete Jörg, nachdem er vor der Pension seinen Wagen abgestellt hatte.

„Ist ja schon gut.“ Annegret kam aus ihrer Schwärmerei zurück und nahm sich eine der Taschen.

* * *

Der Wirt, ein Mann Ende der fünfziger Jahre mit einem dichtem Schnauzbärtchen, stand in der Tür und empfing die neuen Gäste. Er nahm ihnen den großen Koffer ab und trug ihn selbst ins Haus.

Annegret und Jörg folgten mit dem restlichen Gepäck. Im Gastraum des kleinen Lokals stellten sie sich den Wirtsleuten vor.

„Wir haben hier für drei Wochen ein Zimmer gebucht.“

„Ehepaar Schneider“, versuchte der Wirt, sich zu erinnern. „Dann sind Sie also das jungverheiratete Paar! Seien Sie recht herzlich willkommen! Sie werden hier ein paar unvergessliche Wochen verbringen. Das kann ich Ihnen versprechen“, ergänzte Herr König, der Wirt, bedeutungsvoll. Dabei wandte er keinen Blick von der hübschen jungen Frau.

Annegret Schneider errötete leicht. Ihr kurzer frecher Haarschnitt ließ sie noch schöner erscheinen, als sie ohnehin schon war. Sie zog den Blick des Wirtes förmlich auf sich.

„Sie werden sich hier bei uns bestimmt sehr wohl fühlen“, sagte der Wirt lächelnd und legte Frau Schneider den Anmeldeblock vor. „Bitte füllen Sie diese Anmeldung aus und geben sie beiläufig wieder hier ab. Wir haben für Sie das beste Zimmer, das wir haben, reserviert.“ Damit strich er zufrieden seinen vorgewölbten Bauch und ergänzte: „Mit Blick auf den schönen Wald. Wie gesagt: Sie werden sehen, es wird Ihnen bestimmt sehr gut gefallen." Herr Schneider hingegen stand neben seiner Frau, als wäre er nur der Fahrer, der sie zur Pension gebracht hatte.

„Kommen Sie", unterbrach die Wirtin ihren Ehemann, indem sie sich an die neu angekommenen Gäste wandte. „Hier geht es nach oben!"

Frau König, eine ältere, ebenso, wie ihr Mann, etwas wohlbeleibte Frau, mit schon angegrautem Haar, lief voraus zur Treppe. Herr Schneider ergriff die Koffer und folgte ihr. Seine Ehefrau nahm ihre Reisetasche und den Anmeldeblock und lief ihrem Ehemann und der Wirtin hinterher.

„Sie werden sich hier sehr wohlfühlen", rief der Wirt Annegret nochmals nach, ehe sie auf dem Treppenabsatz seinen Blicken entschwand.

Frau König geleitete das junge Paar zu ihrem Zimmer in das Obergeschoss. Dabei wurden sie durch die Hauskatze begleitet, die irgendwo im Korridor des Erdgeschosses gesessen und gedöst hatte.

„Jörg, sieh mal! Ist sie nicht süß?", fragte die junge Frau, während sie sich zu der Katze hinabbeugte. Das kleine Tier war fast gänzlich weiß. Nur an der linken Seite des Kopfes hatte sie einen großen schwarzen Fleck. Dadurch erschien das Auge, wie durch eine Augenklappe verdeckt.

„Ich werde dich ‚Pirat' nennen", sagte Annegret, während sie die Katze streichelte.

Als wüsste die Katze, dass sie nicht in die Gästezimmer durfte, lief sie in der oberen Etage den Korridor nach der anderen Seite entlang. Dort verschwand sie durch eine kleine Klappe in der Tür an der Stirnwand dieses Korridorteils. Offensichtlich befand sich dahinter das 'Katzenreich'.

Die Wirtin bemerkte, dass Frau Schneider der Katze nachsah. „Das ist ein Kater“, sagte sie kurz. „Er geht zum Boden. Übrigens, links vor dem Boden sind die Toiletten.“

Sie öffnete eine Zimmertür und wies die neuen Gäste ein. „Das ist Ihr Zimmer. Um zwölf gibt es Mittagessen!“ Sehr gesprächig war die Wirtin nicht. Oder war sie nur deshalb so kurz angebunden, weil sich ihr Mann zu sehr für die junge Frau zu interessieren schien? Das Zimmer war tatsächlich sehr schön und groß. Auf einem kleinen runden Tisch mit zwei Sesseln stand ein Strauß frischer Wiesenblumen. Um einen größeren Tisch waren drei Stühle gruppiert. Der Schrank, in dem sie ihre Sachen ablegen konnten, war geräumig genug. Das Waschbecken befand sich in der Ecke, hinter der Tür. Geschmackvolle Bilder verschönten das Zimmer zusätzlich. Kaum waren die jungen Gäste in ihrem Zimmer allein, nahm der jungvermählte Ehemann seine junge Frau in den Arm und ließ sich auf das Bett mit den dicken, prallgefüllten Zudecken fallen. Lachend ließ sie sich ziehen. „Nimm dir Zeit, wir sind eben erst angekommen“, sagte sie und küsste ihren Mann. „Hast du gesehen, Jörg, wie der Wirt mich angesehen hat?“, fragte sie ihren Ehemann.

„Kein Wunder, wenn man so hübsch ist, wie du. Ich sehe nur ein Problem auf mich zukommen!“

„So?“, fragte Annegret teilnahmsvoll.

„Wie soll ich nur damit leben?“ Wieder küsste Frau Schneider ihren Mann. Doch dann siegte die Neugier. Sie standen auf und liefen zu den Fenstern. „Sieh mal, dieser wunderbare Ausblick! Direkt auf den Wald! Und wie würzig die Luft hier ist“, rief sie.

„Schau bitte mal aus diesem Fenster hier!“ Herr Schneider war an das Fenster an der anderen Zimmerwand getreten.

„Dort, links auf der Wiese steht ein großer Baum." Dabei deutete er mit der Hand die Richtung an. „Laufend fliegen Vögel dorthin und holen sich offenbar die Früchte. Das muss eine Eiche sein."

Annegret Schneider breitete ihre Arme aus. „Hier gefällt es mir! Hier bleiben wir! Ja, Jörg?"

„Ja, mein Schatz, solange du willst! Ich kann dir zwar nicht gleich das ganze Anwesen kaufen. Aber, wenn es dir hier so gefällt, warum nicht? Ich kann den Wirt ja mal fragen. Vielleicht weiß er bis jetzt noch nicht, wen er diese Pension einmal vererben wird."

„Ach, du Narr, ich meine doch nicht für immer", schränkte Annegret ein.

„Aber trotzdem! Hier haben wir, wie du es wolltest, viel Ruhe und Zeit füreinander, oder siehst du das anders?"

„Ach, komm", beendete Annegret diesen Disput, indem sie ihrem Mann erneut küsste.

* * *

Frau Werner indessen hatte schon wieder das Cognacglas in der Hand. Vorwurfsvoll sah ihr Ehemann sie an. „Elisabeth! Ich sage es dir noch einmal, trink nicht so viel!"

„Hartmut, ich habe große Sorgen um unser Mädel. Ob sie gut in Meuselroda angekommen ist?"

„Sind!", berichtigte ihr Ehemann sie. „Ob sie gut angekommen sind, Elisabeth! Sie sind zu zweit gefahren! Möchtest du das bitte zur Kenntnis nehmen?"

„Das ist es ja, was mir so großen Kummer bereitet. Bisher war Annegret immer mit uns mitgefahren! Ich mache mir Sorgen, eben, weil sie zu zweit gefahren sind." Sie hielt ein wenig inne. „Mich würde es interessieren, wie sie untergekommen ist. Meuselroda! Pha! Den Namen habe ich nie gehört! Ach“, sie winkte ab. „Das kann nur ein kleines Nest sein. Ich möchte wissen, wie sie auf die Idee gekommen sind, gerade dorthin zu fahren. Weißt du, Hartmut, du machst dir, so scheint es, überhaupt keine Sorgen. Weißt du, ich bin so unruhig, und da muss ich eben mal einen Schluck trinken!“, versuchte sie sich wegen des Trinkens zu entschuldigen.

„‚Mal einen Schluck!' ist gut! Ich sehe dich kaum noch ohne Glas in der Hand!“

Herrn Werner gefiel die Trinkerei seiner Frau nicht im mindesten. „Es ändert sich sowieso nichts! Ob du hier sitzt und trinkst, oder nicht! Also las es sein!“ Herr Werner wandte sich ab und ging wieder in sein Arbeitszimmer.

* * *

Kapitel 3

14. August

Indessen hatte das Ehepaar Brunner in Meuselroda, dem kleinen Ort im Harz, zu dem die Pension »Waldesruh« gehört, andere Sorgen.

„Hast du zu deinem 50. Geburtstag nun endlich alle Gäste eingeladen?“ Lena Brunner war sich nicht ganz sicher. Ihr Mann hatte ihr zwar versprochen, alles selbst zu erledigen, aber sie wollte sicher gehen.

Frank Brunner, mittelgroß und untersetzt, biss noch einmal herzhaft von seiner Schnitte ab und sagte kauend: „Ich habe eine Liste gemacht, von den Leuten, die ich bisher angerufen und eingeladen habe. Sie liegt auf dem Schrank. Wenn du Zeit hast, kannst du sie ja mal in Ruhe durchgehen!“

Interessiert nahm seine Frau Lena diese Liste zur Hand und überflog die Namen. „Nein, Frank, das kannst du mir nicht antun!“ Aufgebracht schüttelte Frau Brunner ihren Kopf, dass die halblange Frisur durcheinander zu geraten drohte.

„Das sind ja ... Frank! Das sind genau dreizehn Personen!“, stieß sie hervor. Dabei sah sie ihren Ehemann herausfordernd an. „Du weißt doch genau, dass das nicht geht! Entweder müssen wir eine Person von deiner Gästeliste streichen, oder ....“

„Das können wir nicht tun“, fiel ihr Frank ins Wort. „Du kannst Onkel Wilhelm oder sonst wen nicht einfach übergehen, nur wegen deines Aberglaubens. Von ihm wurden wir ja auch zu jeder Feier eingeladen.“ Frank überlegt laut: „Wenn wir nun deine Tante Hildegard ...?“

„Auf keinen Fall Tante Hildegard! Ausgerechnet die!!!“

„Was sollen wir sonst tun? Hast du eine bessere Idee? Es sind nur noch vier Tage! Was meintest du mit ‚oder ...‘?“

„Und wenn du nun ...“ begann Lena langsam, brach ihren Satz aber wieder ab.

„Na, erzähl schon! Wen sollten wir streichen? Oder was hast du für eine Idee?“

„Nicht streichen! Ich meine, wenn wir einfach noch eine Person zusätzlich einladen würden ...?“

„Und wen? Soll ich einfach jemanden von der Straße reinholen? Einen einzelnen Pensionsgast vielleicht? Oder hast du dabei an eine bestimmte Person gedacht?“

„Ich dachte an ...“ Sie machte eine Pause.

„Na, sag es doch schon!“

„Joseph Steinbauer?“, antwortete sie fragend und sah ihren Mann dabei fest an.

„Sepp? Ist dir kein anderer eingefallen?“, fragte Frank Brunner herablassend.

„Warum nicht? Mit Sepp bist du doch einmal in die Schule gegangen, denke ich.“

„Ja, früher. Aber inzwischen weiß ich nicht einmal, was er gemacht hat, als er die vielen Jahre weg war.“

„Aber seit ein paar Tagen ist er wieder da“, fiel ihm seine Frau ins Wort.

„Ja, gut! Er sagte einmal, dass er irgendwo eine Familie hatte und nun, nach seiner Scheidung, wieder nach Meuselroda, in sein Elternhaus zurückgekehrt sei. Aber, weiß man das so genau?“

„Hast du etwas gegen ihn? Hat er etwas Schlechtes getan? Weißt du etwas?“

Frank Brunner zuckte mit den Schultern. „Ich weiß nichts! Das ist es eben.“ Er trank seinen Kaffee aus und erhob sich. „Die Wiese!“, entschuldigte er sich. „Übrigens, ich muss mich sowieso bald in der »Waldesruh« erkundigen, wie weit dort die Vorbereitungen gediehen sind. Vor allem müssen wir die Speisefolge durchsprechen. Vielleicht finde ich dort jemanden, der mit seinen Abenden nichts Rechtes anzufangen weiß. Auf die paar Bier soll es dann auch nicht ankommen.“

„Ich verlass mich auf dich! Du wirst es schon klären,“ beendete Lena das Gespräch und strich ihrem Mann übers Haar.

* * *

Langsam schlenderten Annegret und Jörg durch den Wald. Sie suchten Pilze. „Hier, sieh mal! Ich habe wieder einen Pilz gefunden“, rief Jörg freudig.

„Wie machst du das nur? Ich finde keinen einzigen essbaren Pilz. Ich glaube, ich werde nie so ein Pilzsucher, wie du.“ Sie ärgerte sich, weil sie noch keinen Pilz gefunden hatte, den ihr Mann mitnehmen wollte. Jedes Mal, wenn Annegret ihm ein Pilz zeigte, sagte Jörg, dass er diesen nicht nehmen wollte. „Annegret, mach es so, wie wir es als Kinder immer von unserem Vater gehört hatten: Nimm nur Röhrenpilze! Da kann man nicht viel falsch machen. Es gibt nicht viel Röhrenpilze, die giftig sind.“

Bisher waren sie im Wald keinem Menschen begegnetet. Niemand machte ihnen den Fund streitig. Sie waren weit und breit allein. Jörg machte seine Frau auf einen Eichelhäher aufmerksam. „Er warnt die anderen Waldbewohner, wenn jemand kommt.“

„Ach, Quatsch! Wir sind doch schon lange hier“, antwortete seine Frau unsicher.

„Vielleicht kommt jemand“, flüsterte Jörg bedeutungsvoll.

„Weißt du, Jörg! Alleinsein ist zwar ganz schön, aber hier wird es mir manchmal unheimlich“, wurde Annegret plötzlich wieder ernst. „Sowie wir ein paar Schritte über den Weg gegangen sind und uns im Wald befinden, sieht man keine Menschenseele. Dass diese Pension so abgelegen ist, hätte ich nicht gedacht.“

„So schlimm ist es auch nicht. Wenn wir uns zeitiger aus den Betten bemühen würden, könnten wir eventuell auch die anderen Pensionsgäste begrüßen.

„Na ja, Aber außer ihnen und den Wirtsleuten kommt wohl kaum jemand in diese Abgeschiedenheit.“

„Was soll's! Wolltest du deine Flitterwochen in aller Ruhe verbringen? Ja“, beantwortete er diese Frage selbst. „Haben wir diese hier, oder nicht?“

„Ja, schon ...“, antwortete die junge Frau unschlüssig.

Plötzlich knackte das Unterholz in ihrer Nähe. Sofort blieben sie stehen und horchten. Doch es war wieder ruhig.

Unentschlossen sahen die beiden sich an.

„Was war das?“, fragte Annegret zaghaft.

„Ich weiß nicht. Vielleicht ein Reh?“

„Ich habe Angst, Jörg! Komm, lass uns zurückgehen.“ Annegret zog ihren Mann leicht am Jackenärmel. Als sie sich umdrehten, um zu ihrer Pension zu gehen, stand ein älterer ungepflegter Herr vor ihnen. Ungekämmt und seit Tagen nicht rasiert, erschien er, wie ein plötzlich aus dem Boden gewachsener Waldgeist. Annegret war fast steif vor Schreck. Ängstlich drückte sie sich an ihren Ehemann.

„Habe ich Sie erschreckt?“, fragte der Herr. Während er sich an Annegret wandte, versuchte er ein Lächeln, was ihm völlig misslang. „Das wollte ich nicht. Entschuldigen Sie bitte. Ich bin Herr Blauhaupt und wohne ebenfalls in Ihrer Pension.“

Frau Schneider sah ihren Ehemann fragend an. Der Blick sollte heißen: »Woher will der Mann wissen, dass wir in dieser Pension wohnen?«

Herr Blauhaupt sah diesen fragenden Blick. „Ich saß im Gastraum, als Sie eintrafen“, sagte er erklärend.

Er machte eine kurze Pause und sah Annegret durchdringend an. „Sehen Sie!“ Er zeigte ihr einen großen Steinpilz. „Solche großen Pilze gibt es hier.“

Annegret antwortete nicht darauf. Dafür wandte sich Jörg an den Mann.

„Das ist ein schöner Pilz.“ Jörg staunte über die Größe dieses Exemplars. „Wo haben Sie ihn gefunden?“

„Dort vorn, in der Nähe der Weggabelung.“ Damit wandte sich Herr Blauhaupt wieder zum Gehen.

„Wollen wir nicht dort mal nachsehen?“, fragte Jörg seine Frau. „Wo ein Pilz steht, sind sicherlich auch andere.“

„Nein, ich möchte wieder gehen. Mir ist unheimlich. Komm, Schatz, lass uns wieder zur Pension gehen. Dieser Mann, er macht nicht gerade einen vertrauenerweckenden Eindruck. Ich kann mir nicht helfen. Ein wenig fürchte ich mich schon bei dem Gedanken, dass er mir nachts auf dem Weg zur Toilette mal begegnen könnte.“

„Ach“, wiegelte Jörg ab. „Das kommt dir nur so vor, weil er nicht rasiert war.“

* * *

Als Frank Brunner aus dem Fahrzeug stieg, um in der Pension »Waldesruh« nach dem Rechten zu sehen, begegnete er Herrn Blauhaupt ebenfalls. Dabei fiel ihm das Gespräch mit seiner Ehefrau wegen der Gästeliste wieder ein.

„Guten Tag“, wandte er sich an den Pensionsgast.

„Tach“, grüßte dieser mürrisch zurück.

„Gefällt es Ihnen hier?“, versuchte Frank Brunner ein Gespräch, doch Herr Blauhaupt schien nicht darauf eingehen zu wollen. Ja, er antwortete ihm nicht einmal. Er ging ins Haus und stieg die Treppe zum Obergeschoss hinauf.

„Unfreundliche Person“, murmelte Herr Brunner vor sich hin, während er den Gastraum betrat. Er setzte sich und bestellte ein Bier. Dabei wandte er sich an den Wirt, um sich nach dem Stand der Vorbereitung seiner Jubiläumsfeier zu erkundigen und die Speisefolge durch zusprechen.

„Sagen Sie“, fragte Brunner Herrn König wie beiläufig. „Ich traf eben den Gast mit dem Drei-Tage-Bart. Ist er allein hier?“

Herr König nickte nur kurz.

„Ich dachte es mir. Herr König, Sie kennen uns ja lange genug und wissen, dass meine Frau so schrecklich abergläubisch ist. Zu meiner Geburtstagsfeier standen bisher genau dreizehn Personen auf der Liste! Da würden wir noch einen weiteren Gast brauchen. Ich dachte erst daran, ihn als vierzehnten Gast einzuladen. Aber dieser Herr war ja so brummig, so unnahbar und vor allem so ungepflegt.“ Frank schüttelte sich. „Nein, diesen mag ich wohl doch nicht an meiner Festtafel haben. Läuft der Mann immer so herum? Und ist er immer so unfreundlich?“

„Ich möchte nicht über unsere Gäste sprechen, aber ich bin noch zu keinem längeren Gespräch mit ihm gekommen. Lediglich den jeweiligen Tagesgruß haben wir bisher gewechselt. Anderen Gesprächen wich er immer aus.“ Und dann ergänzte der Wirt noch: „Ansonsten ist er ein Pensionsgast, wie die anderen auch.“ Es entstand eine kleine Pause.

„Übrigens, der Alleinunterhalter, den ich für Sie bestellen wollte“, führte Herr König das Gespräch in eine andere Richtung, „kann nicht kommen. Es tut mir leid. Ich weiß, dass Sie sich fest darauf verlassen haben. Aber ich habe von ihm die Adresse seines Cousins bekommen. Diesen kenne ich zwar nicht persönlich, aber er soll er fast so gut sein, wie der erste. Ich hoffe, Sie sind damit einverstanden?!“

„Machen Sie nur!“ Herr Brunner klopfte den Wirt, der inzwischen neben ihm Platz genommen hatte, auf die Schultern. „Machen Sie nur! Ich lass mich überraschen. Die Hauptsache ist, dass er seine Arbeit gut macht." Und Herr Brunner fügte lachend hinzu: „Wenn er nichts taugt, bezahlen Sie ihn selbst. Dann halte ich mich raus."

Nachdem noch das weitere Notwendige für die bevorstehende Feier abgesprochen war, verließ Herr Brunner die Gastwirtschaft und fuhr nach Meuselroda zurück.

* * *

Joseph Steinbauer, den alle Sepp nannten, betrat den Dorfkrug.

„Hallo! Der verlorene Sohn ist wieder heimgekehrt!", rief der Wirt ihm freundlich zu. „Welcher Wind hat dich denn wieder nach Hause geweht? Ist schon recht so, dass du deiner Mutter jetzt zur Hand gehst. Wo warst du so lange? Sind es vier oder gar fünf Jahre, die du in der Fremde warst? Bist du eventuell sogar auf See gewesen?"

„Ich war sieben Jahre weg. So und nun bring mir bitte ein Bier!", tat Sepp, dem nicht danach zumute war, jedem sein Herz auszuschütten, seinen Wunsch kund. „Ein Bier!", wiederholte er und setzte sich an einen freien Tisch. Auch von den Nachbartischen kamen freundliche Grüße zu ihm herüber. Fragen wurden gestellt. Man wollte wissen, wo Sepp in der letzten Zeit gesteckt hatte und was er während der letzten Jahre getan hätte.

„Sieben Jahre?", fragte der Wirt dazwischen. „Warst du wirklich sieben Jahre weg?"

Sepp nickte nur stumm, sagte aber nichts weiter. Er trank sein Bier, bestellte ein zweites und ein paar weitere. Dann bezahlte er und ging wieder. Im Krug jedoch gingen die Spekulationen, wo Sepp so lange gewesen sein konnte, weiter.

„Vielleicht hat er sich in ein Mädel verknallt und ist bei ihr hängen geblieben", wollte einer der Gäste des Dorfkruges wissen.

„Da hat er es aber lange ausgehalten." Alle lachten. Das Bier hatte die Gemüter erhitzt.

„Ach, er wird irgendwo Frau und Kinder gehabt haben", mutmaßte ein zweiter.

„Und, weshalb konnte er jetzt wieder kommen?"

„Was weiß ich? Vielleicht hat er jetzt keine Frau mehr", lachte der zweite wieder.

„Und weshalb kam er dann nicht mal, seine Mutter besuchen? Sie hätte sich sicherlich auch über ihre Enkel gefreut."

Darauf wusste natürlich niemand eine Antwort.

„Vielleicht war er auch im Knast!"

Plötzlich war Stimme im Raum. Alle sahen den Mann an, der diesen ungeheuerlichen Verdacht ausgesprochen hatte. Er hatte es gewagt, einem aus ihrem Dorf einer Straftat zu bezichtigen. Eine, wegen der er mit einer Freiheitsstrafe verurteilt wurde.

„Na ja, ich dachte nur", sagte der Sprecher kleinlaut. „Es wäre ja möglich gewesen."

Dieser Verdacht aber wurde sofort wieder vom Tisch gewischt. „Alles Quatsch!", wandte der Wirt ein. „Ich denke, dass er bei der christlichen Seefahrt gewesen ist. Da kann man eben nicht immer mal auf einen Sprung nach Hause kommen."

„Aber sieben Jahre auf einen Ritt? Bedenke doch einmal!", warf ein anderer Gast ein. „Dass muss eine schlimme Fahrt gewesen sein!"

„Vielleicht war sein Schiff irgendwo gestrandet, und er musste lange warten, bis er gerettet wurde."

„Wo hast du denn das gelesen?" Man konnte sich nicht darüber einigen, wo Sepp die ganze Zeit über abgeblieben war. Dafür aber wurden wegen der Länge des Gesprächsstoffes einige Biere mehr getrunken, als sonst, was besonders den Wirt erfreute.

* * *

Auch Joseph Steinbauer hatte im Dorfkrug einige Biere getrunken und lief nun gemächlich auf der Straße nach Hause, als neben ihm ein Auto bremste. Frank Brunner war es. Er hielt sein Fahrzeug an und stieg aus.

„Tag, Sepp, was hast du am achtzehnten vor?"

„Tag", murmelte Joseph. Er war so alt, wie Frank, aber im Gegensatz zu diesem sehr schlank. „Am achtzehnten? Warum fragst du? Ist da was los?"

„Ja! Hast du für diesen Tag schon was vor?"

„Früh oder abends", antwortete Joseph, und er grinste seinen ehemaligen Mitschüler an.

„Abends", bekam er die Antwort.

„Abends?", wiederholte Joseph fragend, und er tat, als müsse er überlegen. „Da habe ich nichts vor. Sag mir schon, was anliegt", drängte er, nahm seine Brille ab und putzte die starken Gläser.

„Ich wollte dich zu meinem fünfzigsten Geburtstag einladen."

„Du? Mich?", tat Joseph verwundert. „Irrst du dich da nicht? Du hast dich doch sonst nie um mich bemüht. Weder als ich noch hier war, noch seit ich wieder daheim bin." Die Art, wie Joseph diese Einladung entgegen nahm, verwirrte Frank Brunner ein wenig.

„Ja, weißt du“, stammelte Frank dann. „Eigentlich war es Lenas Idee“, gestand er unsicher, „weil wir sonst gerade dreizehn Personen am Tisch wären.“ Er sah Joseph fragend an. „Also, kommst du?“

„Jaaa“, antwortete Joseph lang gezogen. „Wenn Lena es sich so sehnlichst wünscht! Sag Ihr, dass ich komme.“

„Quatschkopf! Ich bin es, der Geburtstag hat, nicht Lena. Ich lade dich ein!“

„Der vierzehnte Gast!“, lachte Joseph drehte sich um und ging weiter.

„Also können wir mit dir rechnen?“, rief Frank ihm hinterher.

„Ja.“

Damit war Frank Brunner wieder eine Sorge los. Auch seine Frau konnte aufatmen. Sie würden also zu seinem Geburtstag nicht dreizehn, sondern vierzehn Personen an der Festtafel sein.

Zufrieden teilte er seiner Frau das Gespräch mit Sepp Steinbauer mit.

„Weißt du, ich habe, als ich in der »Waldesruh« war, zuerst daran gedacht, einen Gast aus der Pension einzuladen.“

„Und?“ Lena sah ihn erwartungsvoll an.

„Der Einzige, den ich dort traf, war so ungepflegt und unfreundlich, dass ich lieber auf Sepp zurückgegriffen habe“, fuhr Frank fort.

„Hoffentlich geht alles gut. Nicht, dass in letzter Minute noch jemand abspringt.“

* * *

Kapitel 4

18. August

Als der Wirt die frischen duftenden Brötchen zum Frühstück brachte, fragte er Annegret und Jörg, ob sie schon auf der Felsenkanzel gewesen seien.

In begeisternden Worten erzählte er, wie schön es dort sei.

„Welch ein Panorama! Das müssen Sie gesehen haben, unbedingt", spornte er das junge Paar an.

Gleich nach dem Mittagessen wollten sie den Aufstieg wagen. Steil führte der Weg sie aufwärts. Während Jörg sportlich den Weg zu den Höhen erklomm, keuchte Annegret, wie eine Lokomotive hinter ihm her.

An jeder Wegbiegung wartete Jörg auf seine Frau, um sie mit einem Kuss erneut anzuspornen. „Je größer die Anstrengung ist, um so größer wird der Lohn für die überstandenen Strapazen sein."

„Und das wäre? fragte Annegret ihren Mann.

„Du wirst schon sehen", sagte er gerade so, als wäre er schon einmal auf diesen Felsvorsprung gewesen.

Schließlich war es geschafft. Jörg nahm seine Frau in den Arm. Vorsichtig ging er mit ihr den etwa zwei Meter breiten Grat des Berges entlang und erreichte eine kleine Plattform.

„Na? Ist das was?", fragte er mit den Armen einen Kreis beschreibend. „Ist die Aussicht nicht wunderbar? Hat uns der Wirt nicht einen guten Tipp gegeben? Dort unten schlängelt sich eine Straße durch das Tal. Die Autos sind so klein, wie Spielzeugautos. Und erst die Menschen! Sieh nur, wie Ameisen."

Jörg war begeistert. Annegret hingegen gestand: „Ich getraue mich gar nicht, richtig hinab in das Tal zu schauen. Wenn man hier einen Schritt zu weit vom Weg abkommt, stürzt man unweigerlich in die Tiefe. Komm Jörg, lass uns zurückgehen!" Vorsichtig drückte sie sich an ihren Ehemann vorbei und zog ihn mit sich wieder zurück.

Als sie etwas später auf festem Boden in Richtung Pension liefen, gestand Annegret ihrem Ehemann: „Weißt du Jörg, ich hatte wirklich Angst, dass du mich von der Kanzel herunterstoßen würdest. Ich kann dir nicht sagen, wieso. Vielleicht liegen mir die Worte meiner Mutter zu sehr im Ohr. Sie hatte mich nur zu oft vor dir gewarnt hat. Irgendwie musste ich plötzlich an sie denken! Ich weiß, dass du mich liebst. Aber irgend etwas in mir sagte: ‚Pass auf dich auf, Mädel!' Deshalb wollte ich so bald wie möglich wieder zurück. Mach bitte so etwas nicht noch einmal mit mir! Ich bitte dich!"

„Aber, was hast du nur? Dort waren sicherlich schon viele Leute, die sich an dem schönen Panorama erfreuten. Und - mir hatte es gefallen. Ich weiß nicht, wie du darauf kommst, dass ich dich hinabstoßen könnte!" Jörg nahm seine Frau und sah ihr in die Augen. „Annegret, ich meine es ernst! Ich liebe dich!"

„Ich liebe dich auch. Lass uns jetzt noch ein paar Urlaubsgrüße schreiben."

Noch am zeitigen Nachmittag zogen sie sich in ihr Zimmer zurück.

* * *

„Bist du noch nicht fertig?“, fragte Jörg ungeduldig. „Wie lange soll ich denn noch warten?“

„Nur noch ein paar Karten, Schatz! Ich möchte außer meinen Eltern allen meinen Freundinnen schreiben, wie glücklich wir hier sind.“

„Und wie viel sind es?“

„Hier, diese sind alle geschrieben,“ berichtete Annegret voller Stolz.

„Und wie viele willst du heute noch schreiben?“

„Diese hier!“ Dabei zeigte sie auf einen recht ansehnlichen Stapel Ansichtskarten.

„Das dauert ja ewig, ehe du fertig bist.“ Jörg warf sich gelangweilt auf sein Bett.

„Du kannst ja inzwischen schlafen“, erwiderte Annegret. Und schelmisch fügte sie hinzu: „Ich werde dich nachher schon zu wecken wissen!“

Gerade zur Abendbrotzeit wurde Annegret Schneider mit dem Schreiben ihrer vielen Urlaubsgrüße fertig.

„Gut“, gab sie auf den vorwurfsvollen Blick ihres Mannes zu. „Ich weiß, es hat länger gedauert, als ich es wollte. Entschuldige bitte! Ich mache dir einen Vorschlag: Nach dem Abendessen unternehmen wir noch einen Spaziergang. Einverstanden?“

„Und dann?“, forschte Jörg weiter.

„Dann werden wir sehen, was kommt!“, lachte Annegret schelmisch.

* * *

„Hast du bemerkt, wie unheimlich es hier ist?“, wurde Annegret, als sie nach ihrem Abendspaziergang wieder im Zimmer ihrer Pension waren redselig. „Der Wald war plötzlich so schwarz. Auf dem Weg außerhalb des Waldes war keine Laterne zu sehen. Ich verstehe die Leute nicht. Das Haus liegt so einsam an einem Wald. Und sie haben hier nicht einmal einen Hund!"

„Brauchst du jemanden, der dich beschützt? Du hast jetzt mich! Reicht dir das nicht aus?"

„Ach Jörg! Ich glaube, es war wohl nicht die beste Idee deiner Eltern, uns hier in diese Einöde zu schicken. Schon der Spaziergang heute nach dem Mittagessen, hatte mir gereicht. Mir graut es vor allem, wenn ich nachts auf die Toilette gehen muss. Die Pension ist zwar sauber und recht preiswert, aber ich hätte es doch gern gesehen, wenn sich die Toilette und Dusche im Zimmer befänden. Dann müsste ich nachts nicht allein durch das stille Haus laufen."

„Meine Eltern haben es uns doch erklärt. Also hast du es vorher gewusst. Und trotzdem wolltest du unbedingt hierher fahren." Jörg zeigte sich etwas böse.

„Ja, des Geldes wegen." Aus Annegret sprach plötzlich die verheiratete Ehefrau. „Wir müssen sparen! Du weißt, dass wir nicht auf das Geld von meiner Mutter rechnen können."

„Siehst du? So ist das! Du kannst nicht einerseits Geld sparen wollen und andererseits einen großen Komfort wünschen."

„Doch, wünschen schon ...", entgegnete Annegret trotzig.

„Aber für das Geld nicht bekommen", belehrte sie Jörg.

„Meine Freundin Britta war in den Flitterwochen in der Karibik. Es muss herrlich gewesen sein ..:"

„Als wir hier ankamen, hast du auch gesagt, dass es hier herrlich sein müsste."

„Ja, im ersten Augenblick. Eine Weile würde es mir hier ja

auch bestimmt gut gefallen. Aber für immer möchte ich hier nicht wohnen."

„Warum nicht?"

„Hier ist doch nichts los. Außer der Pension und dem Wald habe ich nichts weiter gesehen. Kein Haus weit und breit! Das kleine Dörfchen Meuselroda liegt weit weg! Übrigens machte der Ort nicht den Eindruck, als würde es einen Laden geben. Geschweige denn, ein Arzt.

„Jetzt habe ich dich erwischt? Denkst du noch immer an Matthias, stimmt es?"

„Ach, Dummkopf! Ich meinte, falls man wirklich mal einen Arzt braucht. Wenn hier ein Notfall wäre, kein Mensch würde das je mitbekommen. Wie die Leute das hier nur aushalten?"

„Du hast doch mich!", antwortete Jörg Schneider schlagfertig. „Ich bin zwar kein Arzt, aber ich wüsste in einer solchen Lage bestimmt einen Rat. Und, schließlich, - wozu gibt es ein Telefon?"

„Aber, dann wäre immer noch das Problem mit dem Einkaufen. Wie würdest du das lösen? Denkst du da auch nur ans Anrufen? Meinst du, dass sie uns alles hierher bringen würden? Ich meine nicht das Essen. Ich denke da an Sachen zum Anziehen, Kleider Schuhe und so weiter."

„Wolltest du nicht Natur und Ruhe?"

Leise gestand Annegret: „Die hätten wir uns ja für später aufheben können." Und noch leiser fügte sie hinzu: „Vielleicht zur Silberhochzeit."

„Und, wo wolltest du mit den paar Piepen, die wir hatten, hin? Ein hübsches Gesicht allein reicht nicht, um eine große Hotelrechnung zu bezahlen."

Annegret sah ihren Mann ratlos an. Sie wusste selbst, dass sie finanziell keine großen Sprünge machen konnten. Gerade deshalb kam dem jungen Paar der Vorschlag, die Flitterwochen in dieser Pension zu verleben, nur recht.

„Hier ist aber auch gar nichts los“, begann sie wieder.

„Ich glaube, ich muss dich mal wieder auf andere Gedanken bringen“, versuchte Jörg, seine Frau umzustimmen.

„Und, wie willst du das machen?“, fragte Annegret und kicherte vor sich hin.

„Das werden wir schon sehen“, antwortete Jörg und knipste das Licht aus.

* * *

Kapitel 5

Abends stieg Frank Brunners Geburtstagsfeier. Lenas Sorgen waren unbegründet. Alle eingeladenen Personen waren eingetroffen.

Herr König hatte ihnen im hinteren Teil des Gastraumes eine hübsche Tafel vorbereitet. Aus dem besonderen Anlass hatte Herr König sogar das Kristallglas eingedeckt.

Als Frank mit seiner Ehefrau eintrat, ging der Wirt lächelnd auf sie zu. Er begrüßte beide, und vor allem beglückwünschte er den Jubilar. Dabei überreichte er Frank Brunner einen riesengroßen Präsentkorb. Anschließend wurden die anderen Gäste mit einem Glas Sekt begrüßt. Auf einem Tisch, der neben der Tafel stand, hatte Frank die von den eintreffenden Gästen erhaltenen Geschenke abgelegt.

Sepp Steinbauer erschien mit einem Rosenstrauß und begrüßte vor allem Lena Brunner besonders freundlich. Die Blumen übergab er ihr, und nicht dem Jubilar. Gerade so, als hätte Lena, und nicht ihr Ehemann Geburtstag. „Gott sei Dank“, sagte die schlanke Frau zu ihrem Ehemann. Sie hatte die anwesenden Gäste begrüßt und deren Anzahl heimlich mitgezählt. Es waren vierzehn!

„Ich weiß gar nicht, was du hast,“ erwiderte ihr Frank. Er hatte einen Geburtstagsgruß nach dem anderen entgegennehmen müssen. Aus diesem Grunde hatte er kein so rechtes Ohr für die Sorgen seiner Frau.

„Ich bin ja so froh, dass alle eingeladene Gäste gekommen sind. Dreizehn ist für mich eine Unglückszahl. Es wäre bestimmt etwas Schlimmes passiert, wenn ich nicht die Idee mit Sepp gehabt hätte.“

„Ach, hab dich nicht so. Weißt du, Liebes, wir feiern heute meinen Geburtstag. Morgen unterhalten wir uns weiter über deine ominöse Dreizehn! Ja? Bist du einverstanden?“

Der Alleinunterhalter begann mit seinem Programm. Es war nicht schlecht, aber irgendwie fühlte man, dass er es lustlos tat. Frank Brunner sprach daraufhin Herrn König an. Dieser zuckte kurz mit den Schultern. „Ich sagte ja schon, dass ich keinen anderen bekommen konnte. So war ich froh, dass der Musiker, den ich Ihnen vorgeschlagen hatte, mir seinen Cousin angeboten hatte. Er soll aber genau so gut sein, wie er selber. Warten Sie noch eine Weile. Es wird Ihnen schon noch gefallen.“

Spät abends erreichte die Feier ihren Höhepunkt. Laut grölend sangen die Gäste die vom Alleinunterhalter dargebotenen Lieder mit. Immer wieder gingen Franks Gäste vor die Tür, um frische Luft zu tanken. Dabei diskutierten sie lautstark. Dass sie unmittelbar unter dem Fenster des jungen Ehepaares standen, störte sie nicht im Geringsten. Auf die Pensionsgäste nahmen die Gäste der Geburtstagsfeier keine

Rücksicht. Auch in der fortgeschrittenen Nacht hörte der Lärm, den die Feiernden verursachten, nicht auf.

* * *

Annegret und Jörg hatten ihr Zimmer direkt über dem Raum, in dem gefeiert wurde.

Laut drang die Musik und der Gesang zu ihnen herauf. Vor allem die Bässe dröhnten: Bumm - bumm - bumm!

Die Pausen zwischen den Musiken wurden zwar immer größer, aber jedes Mal, wenn Annegret am Einschlafen war, begann die Musik wieder mit lautem Gedröhn. Sie drehte sich gerade wieder auf die andere Seite.

„Jörg?", fragte sie leise.

Ihr Mann ließ ein leises Brummen hören. „Was ist denn?"

„Jörg! Kannst du auch nicht einschlafen?"

„Nein! Jetzt nicht mehr", knurrte Jörg. „Eben noch hatte ich etwas Schönes geträumt."

„Und nun?", forschte seine Frau weiter.

„Nun ist der Traum weg. Kannst du nicht ein wenig Rücksicht nehmen? Ich war froh, dass ich bei dem Lärm eingeschlafen war." Damit zog er sich das Kissen wieder über den Kopf, um es erneut zu versuchen.

„Ich kann bei diesem Radau nicht einzuschlafen", maulte seine Frau. „Diese laute Musik! Und das Gegröle, unter unseren Fenstern!"

„Du kannst ja hinunter gehen und fragen, ob du mitfeiern kannst!" Jörg setzte sich aufrecht in sein Bett. „Was willst du überhaupt?", fragte er böse. „Die Ruhe hat dir nicht gefallen! Jetzt ist unten eine Feier, das gefällt dir auch nicht. Wir sind in einer Gaststätte, Liebes! Dass hier unten gefeiert wird, müssen wir hinnehmen. Ich habe diese Feier nicht bestellt! So, und nun schlafe endlich!“ Und Jörg brummte noch: „Dir kann man es aber auch nicht recht machen.“ Seine Frau antworte nicht darauf. Was sollte sie auch dazu sagen! Irgendwie hatte ihr Mann ja Recht. Aber sie wollte es sich selbst nicht eingestehen. Annegret warf sich immer wieder von einer Seite auf die andere. Sie konnte einfach keinen Schlaf finden. Jörg dagegen drehte sich wieder auf seine ‚Schlafseite', und langsam sank er wieder in einen tiefen Schlaf.

* * *

Kapitel 6

19. August

Schon am frühen Morgen lief Frau Werner aufgeregt in ihrer Wohnung umher. Im Foyer traf sie mit ihrem Ehemann zusammen.

„Du, Hartmut, ich bin so unglücklich. Ich glaube, Annegret ist etwas Schlimmes zugestoßen.“

„Ach, lass das unken! Du hast ja schon am frühen Morgen Alkohol getrunken. Das nimmt mal ein schlimmes Ende! Der Alkohol nimmt dir jegliches reale Gefühl. Du siehst hinter jedem Busch einen Räuber stehen! Seit das junge Paar auf Hochzeitsreise ist, redest du nur noch davon, dass Annegret etwas passiert sein soll. Warum nur? Sie ist doch nicht allein dort.“

Frau Werner versuchte, sich an den Schultern ihres Ehemannes festzuhalten. „Eben deshalb! Hartmut!“, rief sie dann. „Ich meine es dieses Mal ernst. Ich weiß es, dass Jörg ihr etwas angetan hat! Wir müssen etwas unternehmen!"

Hartmut Werner wischte ihren Arm von seiner Schulter. „Lass mich in Ruhe! Ich muss arbeiten."

„Dann fahre ich allein", schmollte seine Frau und ging in ihr Zimmer. Schon nach kurzer Zeit saß sie in ihrem Auto und wollte starten.

Hartmut Werner, dem die Abreisevorbereitungen seiner Ehefrau trotz seiner Arbeit nicht verborgen blieb, lief ihr nach.

„Elisabeth!", sagte er in einem scharfen Ton. „Steig aus! Du darfst nicht fahren! Du hast getrunken."

„Es ist etwas passiert, sage ich dir!" Frau Werner begann zu weinen. „Wir müssen zu Annegret! Hartmut, wenn du schon nichts tust, ich fahre! Ich muss unserer Annegret helfen!" Sie schlug die Fahrzeugtür zu, startete das Auto und fuhr davon.

Unwillig ging Hartmut Werner ins Haus zurück. Er überlegte. War das wieder einer der Hirngespinste seiner Ehefrau? Oder hatte sie tatsächlich so etwas, wie eine Ahnung? Aber wenn dem so war, musste auch er als Vater etwas für Annegret tun. Er lief ins Haus und telefonierte. Er sagte den Termin mit einem Klienten ab. Während er das Notwendigste für eine mehrtägige Reise in eine Tasche packte, kam seine Ehefrau zu Fuß wieder zurück.

Erschrocken sah er sie an. „Elisabeth! sag, was ist geschehen? Was ist mit dem Auto?"

„Hartmut", weinte sie. „Die Kastanie da vorn. Ich habe die Kurve nicht bekommen."

„Um Himmels willen! Ist dir etwas passiert? Komm ins Haus. Ich habe es doch vorausgesehen. Warum willst du nur immer mit dem Kopf durch die Wand?"

„Wir müssen nach Meuselroda fahren!", widersprach sie ihrem Mann. „Komm, fahre du. Es ist ganz sicher etwas geschehen."

Kopfschüttelnd stieg Hartmut Werner in sein Auto, während seine Frau neben ihm Platz nahm.

* * *

Am Morgen nach der Geburtstagsfeier tastete sich Jörgs Hand zeitig früh zum Bett seiner Frau. Erschrocken sah der junge Mann auf, denn das Bett neben ihm war leer. Jörg, der annahm, dass seine Frau nur auf die Toilette gegangen sein könnte, schloss die Augen und schlief wieder ein. Als er nach einem kurzen Schlaf erneut wieder erwachte, war das Bett immer noch leer.

‚War sie schon wieder oder ist sie immer noch weg?', ging es ihm durch den Kopf. Verschlafen richtete sich Jörg auf und setzte sich auf die Bettkante. Er wartete. Immer wieder fielen ihm die Augen zu.

„Wo sie nur bleibt?", brummte er vor sich hin. „Vielleicht hat sie sich in eins der nicht belegten Zimmer zurückgezogen. In ein Zimmer von denen, die nach hinten hinaus lagen. Dort war sicherlich von dem Lärm nichts zu hören." Er war drauf und dran, sich erneut hinzulegen und weiterzuschlafen. Doch irgend etwas hielt ihn davon ab.

Langsam und noch nicht ganz munter zog er sich seinen Jogginganzug an und verließ das Zimmer. Er lief den Korridor entlang, zu den Toiletten. Hinter der kleinen Scheibe, die sich über der Tür zur Damentoilette befand, war es dunkel. Was hatte das zu bedeuten?, dachte Jörg. Wenn jemand diesen Raum betrat, musste er das Licht einschalten und dann war auch dieses Fensterchen beleuchtet. Sollte Annegret etwa im Dunkeln zur Toilette gegangen und eingeschlafen sein? Jörg überlegte, ob er nachsehen sollte. Doch war er unsicher. Eine Damentoilette zu kontrollieren! In was für eine Situation würde er kommen, wenn sich eine fremde Frau im Nachthemd dort befand ...?! Nicht auszudenken, was diese für ein Aufsehen veranstalten würde!

Aber wo sollte seine Frau sonst sein? Etwa doch in einem der nichtbelegten Zimmer? Aber welches der anderen Zimmer war nicht belegt? Jörg wusste keinen Rat. Schließlich öffnete er vorsichtig die Toilettentür einen schmalen Spalt.

„Annegret“, flüsterte er. Stille! Erneut rief er, diesmal etwas lauter: „Annegret, melde dich doch!“ Er schaltete das Licht an. Die Türen innen standen offen, die Toiletten waren leer! Wo sollte er seine Frau jetzt suchen?

Da hörte er Schritte auf der Treppe. Offensichtlich ging jemand hinab ins Erdgeschoss. Jörg lief dorthin, um nachzusehen, ob es seine Frau war, die noch im Nachthemd, aus was für Gründen auch immer, hinabgegangen wäre.

Er sah niemand. Unten, im Erdgeschoss stieß er beinahe mit dem Wirt zusammen, der bereits das Frühstück vorbereitete.

„Entschuldigen Sie“, begann Jörg verlegen. „Waren Sie eben die Treppe hinab gekommen?“

„Nein“, antwortete Herr König erstaunt. „Sie sehen doch, dass ich schon mitten in der Arbeit bin. Warum sollte ich an der Treppe gewesen sein?“

„Wer könnte jetzt schon das Haus verlassen haben?“

„Ach, was fragen Sie mich“, wollte der Wirt Jörgs Frage einfach abtun. „Warum sollte ich immer gleich nachsehen, wer wann kommt, oder geht?" Er wandte sich wieder seiner Arbeit zu.

Als er bemerkte, dass Jörg noch unschlüssig stehen blieb, sagte er: „Das wird Herr Blauhaupt gewesen sein. Er ist ein Natur-Fan. Er tut fast so, als hätte er den Wald lange entbehren müssen."

Jörg druckste noch mit seinem Problem herum.

„Was haben Sie denn für Sorgen, Herr Schneider", fragte der Wirt seinen Gast, Anteilnahme vortäuschend.

„Haben Sie meine Frau gesehen?"

„Ihre Frau?", fragte der Wirt verwundert zurück. „Natürlich."

„Und, wo ist sie jetzt?" Jörg glaubte plötzlich zu wissen, wo seine Frau die Nacht über war. „In welchem Zimmer?", fragte er streng.

„Ach, Sie meinen, ob ich sie heute schon gesehen hätte? Aber nicht doch, Herr Schneider! Nicht, was Sie vielleicht annehmen. Ich sah sie gestern das letzte Mal. Warum fragen Sie eigentlich?"

„Meine Frau ist weg! Und ich weiß nicht, wo ich sie suchen soll."

Jörg war klar, dass es eine ungewöhnliche Situation war, in der er sich befand. Seine frisch angetraute Ehefrau war ihm während der Flitterwochen weggelaufen. Aber warum nur? Und warum ohne Sachen? Ihre Bekleidung, die sie sich für den nächsten Tag bereitgelegt hatte, lag noch oben auf dem Stuhl. Wo hätte seine Frau hingehen sollen?

„Und da denken Sie ...? Nein! Ich habe ihre Frau heute noch nicht gesehen", antwortete ihm Herr König beleidigt, ob der Unterstellung.

„Wirklich, Herr König", begann Jörg wieder. „Meine Frau

ist irgendwann in der letzten Nacht aus dem Zimmer gegangen und nicht wieder zurückgekehrt.“ Scheu sah Jörg sich in der Küche um, als könne er Annegret irgendwo entdecken. Inzwischen klappte in der oberen Etage eine Tür.

„Sehen Sie noch einmal nach. Eben ging oben eine Tür. Vielleicht war sie nur auf der Toilette und ist eben zurückgekehrt.“ Der Wirt zeigte mit dem Messer zur Decke.

„Auf der Toilette war sie nicht“, flüsterte Jörg ihm unsicher zu. Er war froh, dass er nicht den leisesten Anflug von Schadensfreude im Gesicht des Wirtes sah. „Ich habe dort schon nachgesehen. Aber ich gehe trotzdem mal hoch, nachschauen!“ Damit drehte er sich herum und ging wieder in die obere Etage.

Als Jörg die Tür zu seinem Zimmer öffnete, rief er: „Annegret, was machst du denn für ...?“ Er brach mitten im Satz ab, denn das Zimmer war noch immer leer. Fassungslos setzte Jörg sich wieder auf das Bett. Er konnte sich nicht erklären, was das zu bedeuten hatte.

* * *

Er überlegte: Gut, er war am Abend zuvor nicht gerade lieb zu seiner Frau gewesen, aber, das war lange kein Grund auszureißen!

Nur, wenn sie nicht ausgerissen war, - wo sollte sie dann sein? Sie hatte ja nicht einmal ihre Sachen mitgenommen!

Nervös stand Jörg wieder auf und lief im Zimmer auf und ab. Immer wieder sah er zur Tür und hoffte, dass seine Frau eintreten würde. Doch nichts geschah. Voller Unruhe stieg er die Stufen wieder hinab zum Erdgeschoss. Er lief zur Küche, um noch einmal mit Herrn König zu sprechen.

„Na," fragte dieser lächelnd. „Hat sich alles geklärt?"

Jörg schüttelte langsam den Kopf. „Nein!"

„Heißt das, dass Ihre Frau ist nicht da? Und das Türklappen?"

„Das muss jemand anderes gewesen sein!"

Jörg flüsterte mehr, als er sprach. „Können Sie mir sagen, wo ich sie noch suchen könnte?"

Herr König sah ihn fragend an. „Wo haben Sie denn schon gesucht?"

„Wo sollte ich schon gesucht haben?" Jörg zuckte mit den Schultern. „Vielleicht ist sie nur in eins der nicht belegten Zimmer gegangen, weil sie gestern Abend wegen des Lärms nicht einschlafen konnte! Aber ich kann nicht einfach in fremde Zimmer gehen. Ich weiß ja nicht, welche Zimmer belegt sind, und welche nicht."

„Wenn sie sich in einem der Zimmer befindet, wird sie sich melden, wenn sie ausgeschlafen hat. Ich kann Ihnen jetzt nicht helfen. Ich habe zu tun. Sie sehen es ja!" Herr König hob seine Hände und zeigte die Wurst, die er gerade schnitt.

„Und, wenn sie dort auch nicht ist?", fragte Jörg verzweifelt. „Vielleicht ist sie irgendwo draußen im Wald und hat sich verlaufen!"

„Ach was, warum sollte sie nachts aufstehen und draußen herumspazieren?", versuchte der Wirt den verzweifelten Mann zu beruhigen.

„Was weiß ich denn? Es wäre doch denkbar, dass sie wegen des Lärms aufgestanden ..." Jörg unterbrach sich. ‚Das ist ja auch nicht richtig', dachte er. ‚Sie hätte sich auf alle Fälle angezogen!'

„Wie dem auch sei", fuhr er dann fort. „Man müsste die Polizei mit einem Suchhund anfordern, damit sie nach ihr suchen können."

„Warten Sie!", sagte Herr König. Das Wort ‚Polizei' bewirkte bei ihm einen sofortigen Sinneswandel. Der Wirt mochte keine Polizei in seiner Pension. Er fürchtete um seinen Ruf.

„Ich komme mit. Das kann doch nicht sein! So etwas gibt es doch nicht, dass eine Frau in unserem Haus verloren geht! Sagen Sie mal: Hatten Sie Streit mit Ihrer Frau?"

„Hängt davon ab, ob Sie mir beim Suchen helfen oder nicht?", fragte Jörg unwirsch. Warum sollte er ihm erzählen, worüber er sich am Vorabend mit seiner Frau stritt. Er war der Meinung, dass es dem Wirt nichts angehe, was sich in ihrem Zimmer abspielte.

„Um Gottes Willen!", beschwichtigte ihn der Wirt.

„Nein, nein! Entschuldigen Sie die Frage. Kommen Sie mit hoch! Suchen wir ihre Frau gemeinsam!" Er wischte seine Hände an der Schürze ab und ging mit Jörg in das obere Geschoss.

Die beiden Männer sahen sich nochmals im Zimmer von Jörg und Annegret um. Nichts deutete daraufhin, dass Annegret in der Zwischenzeit zurückgekehrt war. Dann gingen Sie zur Toilette, aber auch diese war leer.

„Kommen Sie weiter", forderte Herr König Jörg auf. „Wir sehen mal in den Zimmern, die zur Zeit nicht belegt sind, nach." Herr König öffnete einige Türen, aber nirgends war Annegret zu finden. Verzweifelt sah Jörg den Wirt an. „Was jetzt?"

„Wir gehen weiter zum Boden." Herr König klinkte die Tür auf. Sie war nicht verschlossen. „Waren Sie hier schon drin?" Der Wirt sah Jörg fragend an.

„Woher sollte ich wissen, dass diese Tür nicht verschlossen

wurde? Ich konnte doch allein nicht einfach in Ihre Privaträume."

„Wir schließen diese Tür nie ab. Es ist immer mal etwas vom Boden zu holen oder hinaufzubringen, so dass wir uns nicht die Mühe machen, sie abzuschließen. Es ist hier eh nichts für Fremde zu stehlen." Nachdem Herr König die Tür geöffnet hatte, befand sich vor ihnen ein sauber aufgeräumten Bodenraum. Es war, wie Jörg vermutete, der Boden des Anbaus, der durch eine nachträglich eingefasste Tür vom Hauptgebäude aus betreten werden konnte.

Eine kleine Lampe verbreitete ein spärliches Licht, so dass man kaum etwas erkennen konnte. Mitten im Raum saß der Kater und döste vor sich hin. Es war der, den Annegret 'Pirat' genannt hatte. Als die beiden Männer den Boden betraten, lief er langsam zur Seite.

„Wer hat denn die Plane dorthin ge ...?" Herr König hob schimpfend eine Plane auf, die unordentlich auf dem Fußboden ausgebreitet lag. In diesem Moment blieb ihm das Wort im Munde stecken. Augenblicklich ließ er die Plane wieder fallen und sah Jörg an.

„Was ist?", sagte dieser, der ob des abgebrochenen Satzes, den Wirt fragend ansah. „Stimmt was nicht?"

Vorsichtig hob der Wirt die Plane noch einmal etwas an und bedeutete Jörg, ebenfalls auf die bezeichnete Stelle zu sehen. Dann ließ er die Plane wieder fallen.

Jörg hatte, genau wie Herr König, seine Frau dort liegen sehen. Sie war tot! Während sich Jörg entsetzt neben seine Frau auf den Boden hockte, ging Herr König in das Erdgeschoss hinab, um die Polizei anzurufen. Nun musste sie doch zum Einsatz kommen. Er verständigte noch seine Ehefrau, damit sie den Betrieb in der Pension aufrecht erhalten konnte. Danach kam er zurück auf den Boden und geleitete Jörg in sein Zimmer.

* * *

Kapitel 5

„Nic, denkst du heute Abend daran?"

„Entschuldige bitte, ich weiß im Moment nicht, wovon du redest", antwortete Nikolaus Petersen mit einer Unschuldsmine, während er sich sein Toastbrot bestrich. „Sag mal ein Stichwort, vielleicht komme ich drauf."

„Theaterkarten! Operette! ‚Hochzeitsnacht im Paradies'! Na, klingelt es?"

„Natürlich vergesse ich das nicht. Lange genug haben wir uns ja schon darauf gefreut", grinste er seine Frau an.

„Ach weißt du, es ist nicht einfach, mit einem Kriminalisten verheiratet zu sein. Immer, wenn ihr Bereitschaft habt, hüte ich ja praktisch das Häuschen auch mit. Da muss man sich schon mal die Zeit aussuchen, in der du keine Bereitschaft hast, um etwas zu unternehmen."

„Siehst du, mein Mäuschen! Nun hat es doch einmal geklappt: Keine Bereitschaft! Nicht immer erreichbar sein! Eben, mal richtig ausspannen. Ins Theater gehen und hinterher ein Gläschen Wein trinken. Mal wieder nur für dich da sein! Gefällt dir das?"

„Ich muss immer noch an das letzte Mal denken. Da war auch Theater und Wein angesagt. Und? Gefunden und geholt haben sie dich trotzdem. Ich sehe uns noch nicht im Theater!

Aber wehe! Wenn es dieses Mal wieder nichts wird, dann sag deinem Chef, dass er es mit mir zu tun bekommt!"

„Da wird er bestimmt mächtige Angst bekommen", frozzelte Petersen und biss erneut in seine Schnitte.

Seine Ehefrau lachte. Jedoch wurde sie bald wieder ernst. „Ach Nic! Du mit deinem Dienst! Immer musst du für andere da sein. Nur, wenn ich dich einmal brauche, dann bist du nicht da."

„Ich komme heute ja pünktlich, kannst du glauben."

„Wenn du nicht kommst, gehe ich eben allein! So!"

„Und, die zweite Karte?", fragte Petersen.

„Es wird sich doch jemand finden, der eine halbverlassene Ehefrau ins Theater begleitet. Glaube ja nicht, dass sich niemand dazu bereit erklären würde."

„Ich warne dich!" Petersen grinste über das ganze Gesicht. „Ich lade dich sonst nie wieder ein."

„Ach, das sind alles nur leere Versprechungen. Wann waren wir denn das letzte Mal gemeinsam weg? Das ist ja schon Jahre, ach was, fast Jahrzehnte her. Ich glaube nicht eher daran, bis wir den Abend hinter uns haben."

Nikolaus Petersen knöpfte seine Anzugjacke zu, rückte seinen Binder zurecht und verabschiedete sich von seiner Frau. „Warte auf mich, Mäuschen! Ich bin pünktlich, das verspreche ich dir!"

* * *

Petersen hatte an diesem Morgen gerade sein Dienstzimmer betreten, als das Telefon klingelte. Nachdem er den Hörer abgenommen hatte, meldete er sich. „Ja bitte? Petersen!"

„..."

„Was ist dort?"

„..."

„Eine Tote?"

„..."

„Wo ist das?"

„..."

„Meuselroda? Ja, ich weiß, wo das liegt. Weiter!"

„..."

„Pension »Waldesruh«? Kenne ich auch! Gut, wir kommen. Bitte nichts berühren und nichts verändern! Bis dann!"

Oberkommissar Petersen legte den Hörer wieder auf. Danach machte er sich ein paar Notizen und benachrichtigte die notwendigen Kräfte, ehe er sich an seinen Mitarbeiter Kommissar Schuster wandte.

„Komm, Gerd, wir müssen raus!" Oberkommissar Petersen war im Laufe der Zusammenarbeit mit Kommissar Schuster zum vertrauten ‚Du' übergegangen. Er warf Schuster die Fahrzeugschlüssel zu. „Du fährst!"

„Und, wohin?"

„Meuselroda, Pension »Waldesruh«." Damit stiegen die Kriminalisten in ihr Fahrzeug und fuhren ab.

Der Wirt empfing sie vor der Tür. „Das ist mir völlig rätselhaft!", stöhnte er. „So etwas in unserer Pension! Vorläufig weiß außer Herrn Schneider noch niemand etwas. Aber, es wird durchsickern, sich herumsprechen! Was soll ich nur tun? Ich bin ruiniert!"

Völlig erschöpft ließ er sich im Schankraum auf einen Stuhl fallen.

„Bleiben Sie doch erst einmal ruhig!" Petersen, der beleibte sechzigjährige Oberkommissar mit lichtem dunkelblonden Haar, versuchte, den Wirt zu beruhigen. Im Gegensatz zu seinem Mitarbeiter strahlte Petersen eine große Ruhe aus. Der dreißigjährige Kommissar Schuster, ein großer schlanker sportlicher Typ, wirkte dagegen eher etwas hektisch.

„Wo haben Sie die Tote gefunden?“, wollte Petersen vom Wirt wissen.

„Auf dem Boden. Unter einer Abdeckplane. Ich gehe schon mal voraus“, erklärte Herr König, und er erhob sich schwerfällig. Gemeinsam stiegen sie die Stufen zum Obergeschoss hinauf. Mit einem vorsichtigen Blick nach rechts, bat er die Kriminalisten nach links zum Boden zu gehen.

„Hoffentlich sieht uns hier niemand“, sagte der Wirt, erneut um den guten Ruf seiner Pension besorgt. Aber, um diese Zeit war niemand auf dem Korridor zu sehen. „Machen Sie bitte nur nicht soviel Aufhebens“, bat er Oberkommissar Petersen.

„Wir werden sehen“, antwortete jener gelassen. Auf dem Boden angekommen, zeigte Herr König auf die große Plane. „Sie liegt darunter!“, sagte er kurz.

Dabei stellte er sich etwas abseits. Er konnte den Anblick nicht noch einmal ertragen. Vorsichtig hob Petersen die Plane etwas auf. Im blassen Schein der kleinen Lampe erkannte Petersen darunter eine junge blonde Frau, die auf dem Fußboden lag. Sie hatte die Augen angstvoll aufgerissen. Das Negligé war weit geöffnet. Sie trug ein rotes Flatterhemdchen, darunter war sie nackt. Ein Spitzenhöschen, von der Farbe des Flatterhemdchens, lag zerknüllt neben ihr.

Kommissar Lehrmeier, der mittelgroße hagere Kriminaltechniker mit den schon dünn gewordenen, glatt nach hinten gekämmten blonden Haaren, rückte seine Halbbrille zurecht und begann, die Tote von verschiedenen Seiten zu fotografieren. Währenddessen zog sich Petersen die Gummihandschuhe an. Dann bückte er sich zu der Toten, um ihr die Augen zu schließen.

Entschuldigend sagte Herr König: „Ich sollte ja nichts verändern. Und übrigens, ich hätte es sowieso nicht fertig gebracht."

Petersen hatte Verständnis dafür. „Ich weiß, es ist nicht jedermanns Sache, Tote anzufassen", tat er die Entschuldigung ab. Während der Arzt den Tod feststellte, begann der Kriminaltechniker mit der Sicherung von Spuren.

Petersen unterhielt sich mit dem Wirt. „Wie haben Sie diese Frau entdeckt? Hatten Sie so zeitig hier auf dem Boden zu tun?"

Der Wirt erzählte dem Oberkommissar, dass er am frühen Morgen von Herrn Schneider auf das Fehlen seiner jungen Frau aufmerksam gemacht wurde. „Ja, und dann haben wir beide gesucht," beendete er seinen Bericht. „Herr Schneider war dabei, als ich sie gefunden hatte."

„Wo ist Herr Schneider jetzt?"

„Er wird in seinem Zimmer sein", antwortete Herr König. „Der Tod seiner Frau hat ihn ganz schön mitgenommen."

„Welches ist sein Zimmer?", wollte Petersen wissen.

„Für das Ehepaar Schneider wurde das Zimmer »5« reserviert." Der Wirt fügte noch hinzu: „Die Schneiders waren auf Hochzeitsreise hier, und deshalb haben wir ihnen unser schönstes Zimmer gegeben."

„Hochzeitsreise?", horchte Petersen auf und schüttelte den Kopf. Ihm fiel ein, dass er abends noch in die Operette verabredet war. Zur ‚Hochzeitsnacht im Paradies'!

„Hochzeitsreise!", wiederholte Petersen gedankenvoll. „Und die frischgebackene Ehefrau wird ermordet!" Dann wandte er sich wieder an den Wirt. „Haben Sie für uns ein

Zimmer frei? Eins, in dem wir arbeiten und auch einige Leute befragen können?"

Petersen gedachte, sich einstweilen in dieser Pension niederzulassen.

Entsetzt wich der Wirt einen Schritt zurück. „Sie wollen hier wohl nicht gar ein Kriminalbüro einrichten?"

„Doch, es muss sein! Irgendwo müssen wir ja arbeiten. Wir werden alle ihre Gäste befragen", antwortete Oberkommissar Petersen ungerührt. „Oder soll ich den Leuten jeweils eine Vorladungskarte fürs Präsidium in die Speisekarte legen?"

„Das geht natürlich nicht. Entschuldigung! Ich bin ruiniert, wenn herauskommt, dass in unserer Pension jemand ermordet wurde!" Herr König war am Ende.

„Und ich bin ruiniert, wenn es nicht rauskommt! Wenn ich mit meinem Team nicht imstande bin, den Täter zu ermitteln", entgegnete Petersen ruhig. „Und Sie wollen doch auch, dass der Täter seiner gerechten Strafe überführt wird! Schließlich ist es der Mörder, der mit seiner Handlung Ihren guten Ruf angreift! Also, welches der Zimmer ist noch frei?"

„Nehmen Sie das Zimmer »3«! Ich lasse noch ein paar Stühle hineinstellen. Aber ich bitte um Diskretion", sagte der Wirt verzweifelt. Und er fügte vorsichtig hinzu: „Wenigstens, soweit es möglich ist."

„Wir werden sehen, was sich machen lässt. Übrigens wird alle Diskretion umsonst sein, wenn der Wagen des Bestattungsunternehmens hier vorfährt."

„Um Himmels Willen! Daran habe ich bisher gar nicht gedacht."

Voller Gedanken sah sich der Wirt um. „Brauchen Sie mich noch? Die Gäste! Sie verstehen!"

„Wenn ich Sie brauche, lasse ich Sie rufen." Damit entließ

der Kriminalist den Wirt, der sich wieder seiner Arbeit widmen konnte.

Nachdem Herr König in die Küche zurückgekehrt war, informierte er seine Ehefrau ausführlicher von dem Vorgefallenen.

„Du liebe Güte!“ Sie schlug die Hände vor das Gesicht. „Eine Tote in unserer Pension! Ein Unglück in unserem Haus.“

* * *

Kapitel 7

Petersen, der auf dem Boden seine Arbeit beendet hatte, bedeutete dem Arzt mit einer Kopfbewegung, ihn zum Zimmer des Herrn Schneider zu begleiten.

Der Arzt nickte und auf den paar Schritten bis zum Zimmer teilte er Petersen das Ergebnis seiner ersten Untersuchung mit:

„Die Frau ist vergewaltigt und erwürgt worden. Näheres wird durch die Obduktion festgestellt.“

„Und wann wurde die Frau ermordet?“

Doktor Schimmelpfennig, ein mittelgroßer sportlicher Mann im mittleren Alter, strich, wie er es immer tat, wenn er nachdachte, sein kleines Kinnbärtchen. „Die Tatzeit lässt sich nicht so genau feststellen. Ich denke, in dieser Nacht, gegen zwei bis drei Uhr. Die Totenstarre ist noch nicht voll ausgeprägt. Die Todeszeit liegt etwa fünf Stunden zurück. Genaueres werden Sie dann im Obduktionsbericht lesen können." Inzwischen standen sie vor dem Zimmer »5«. Oberkommissar Petersen klopfte leise an die Tür.

Nur ganz schwach war das „Herein" zu hören.

Als sie eintraten, saß Herr Schneider zusammengesunken in einem der beiden Sessel. Auf den Gruß reagierte er nicht.

Ohne zu fragen setzte Petersen sich ihm gegenüber in den anderen Sessel.

Doktor Schimmelpfennig fragte den jungen Mann, ob er eine Medizin benötigte. Herr Schneider versuchte, sich etwas in seinem Sessel aufzurichten. „Lassen Sie nur, ich bin ruhig genug." Dann schwieg er wieder.

Der Arzt setzte sich auf einen der Stühle.

„Es tut mir aufrichtig leid, Herr Schneider", begann Petersen. „Wie ist es überhaupt passiert?"

Jörg Schneider resignierte. „Ich weiß es nicht!", flüsterte er fast tonlos. „Ich weiß selbst auch nicht mehr, als der Wirt." Damit ließ sich Herr Schneider in seinem Sessel zurückfallen und schwieg wieder.

„Wie kommt Ihre Frau überhaupt auf den Boden?"

„Das weiß ich auch nicht! Vielleicht war sie nachts mal auf die Toilette gegangen."

„Und Sie denken, dass sie dann auf dem Rückweg die Orientierung verloren haben könnte?"

„Was Sie alles wissen wollen! Ich kann nichts anderes dazu sagen, als: Ich weiß es nicht!" Herr Schneider zuckte mit den Schultern. „Ich habe geschlafen. Muss ich nun vielleicht selbst ein Alibi erbringen?"

„Könnten Sie ...?"

„Natürlich nicht!"

„Was war gestern Abend?"

„Was soll gewesen sein? Wir sind zu Bett gegangen und

haben geschlafen. Als ich heute morgen aufwachte, war das Bett meiner Frau leer. Ich dachte erst, dass sie vielleicht auf der Toilette sei und gleich zurückkommen würde. Deshalb schlief ich nochmals ein. Wer denkt denn gleich an so etwas? Aber ich schlief nur kurz. Als ich dann erneut aufwachte, war meine Frau schon wieder oder immer noch weg. Wer kann das schon sagen?" Wieder hielt Herr Schneider kurz inne. Er drehte sich zur Tür, als erwartete er, dass seine junge Ehefrau eintreten würde.

„Was war gestern Abend", führte ihn Petersen nochmals behutsam auf seine vorherige Frage zurück.

„Das sagte ich doch schon!"

„Aber noch nicht vollständig, Herr Schneider."

„Was erwarten Sie von mir. Soll ich Ihnen sagen, dass ich meine Frau umgebracht habe?" Jörg Schneider schlug seine Hände vors Gesicht.

„Hatten sie sich gestritten?", wollte der Oberkommissar wissen.

„Gestritten, gestritten", fuhr Herr Schneider auf. „Was verstehen Sie darunter? Gut, wir waren nicht einer Meinung, aber, was hat es mit dem ...?" Er brach den Satz ab.

„Worüber waren Sie nicht der gleichen Meinung, wie Ihre Ehefrau?"

Jörg Schneider winkte ab. „Ach, erst wollte sie die Flitterwochen da verbringen, wo es ruhig ist. Ruhe findet man hier ja ausreichend. Mit der Zeit gefiel es ihr hier nicht mehr. Sie hatte Angst. Ja, sie fürchtete sich plötzlich in dieser Abgeschiedenheit. Vieles erschien ihr plötzlich sogar gruselig." Und Jörg erzählte dem Oberkommissar vom ersten Zusammentreffen mit Herrn Blauhaupt, damals im Wald. Und von der Angst beim Gang zur Felsenkanzel. „Annegret muss ja durch ihre Mutter völlig eingeschüchtert worden sein", fuhr er fort. „Und dann war gestern Abend eine Feier hier unten im Haus. Die Musik war sehr laut und die Leute brüllten sich unter unserem Fenster an. Das gefiel ihr auch nicht. Da regte sie sich über den Lärm auf. Ich habe ihr gesagt, dass sie sich langsam entscheiden möge, was sie möchte. Das war alles!"

„Und? Wie reagierte Ihre Frau darauf?"

„Nachdem ich selbst nur mit Mühe und Not eingeschlafen war, weckte sie mich wieder! Ihr war die Feierei zu laut. Ich sagte ihr, dass sie dann doch hinuntergehen und fragen solle, ob sie mitfeiern kann. Da war sie beleidigt."

Herr Schneider schüttelte den Kopf, als könne er damit einen bösen Traum abschütteln.

„Was war das für eine Feier? Feierten hier Pensionsgäste etwas, oder wer?"

„Das weiß ich nicht. Fragen Sie doch den Wirt!" Diese Antwort kam schon unwillig. Es war Herrn Schneider anzumerken, dass ihm die Befragung zu lange dauerte.

Er sah Petersen unsicher an. Dann ließ er seinen Kopf hängen und schwieg.

„Können Sie uns irgendeinen kleinen Hinweis geben, was sich zugetragen haben könnte", bohrte Petersen noch einmal etwas weiter.

„Ich habe es Ihnen doch schon gesagt. Ich habe geschlafen! Glauben Sie mir doch!" Jörg Schneider war erschöpft. „Ich möchte irgendwann abreisen. Darf ich das?"

Der Kriminalist nickte ihm wie abwesend zu. In Gedanken war er schon wieder woanders.

„Ich weiß immer noch nicht, wie ich es Annegrets Eltern beibringen soll, dass ihre Tochter nicht mehr lebt", murmelte Schneider vor sich hin. Danach ließ er seinen Oberkörper nach hinten gegen die Sessellehne sinken und sprach kein Wort mehr.

Oberkommissar Petersen bedankte sich und verließ mit Dr. Schimmelpfennig das Zimmer. Sie gingen wieder zum Boden.

Dort war Kommissar Lehrmeier inzwischen mit der Tatortuntersuchung fertig.

„Was gefunden?“, fragte ihn Petersen.

„Ja, es gibt eine Reihe von Spuren. Der Täter muss auf dem Boden auf die Frau gewartet haben.“

„Worauf schließt du das?“

„Es liegen ein paar Zigarettenkippen dort. Nicht über dem gesamten Boden verstreut, sondern alle hinter einem Pfeiler. Darüber hinaus sind Fußspuren im Staub zu erkennen, die darauf schließen lassen.“

Als auch Kommissar Schuster seine Tatortuntersuchung und die entsprechende Skizzierung abgeschlossen hatte, forderte Petersen seine Leute auf, ihm in das ihm zugewiesene Zimmer »3« zu folgen.

* * *

Nach einer kurzen Beratung verabschiedete sich der Arzt. Mit einem „Viel Erfolg!“ verließ er die Kriminalisten. Auch Kommissar Lehrmeier fuhr zurück, um die Spuren, die er gesichert hatte, auszuwerten.

„Gerd“, sagte Petersen nachdenklich zu Kommissar Schuster, „lass dir mal das Gästejournal oder eine Belegungsliste geben. Irgend so etwas werden sie hier schon haben. Wir müssen wissen, wie viel Personen zur Tatzeit hier geschlafen haben. Frag auch gleich den Wirt wegen der Feier, die hier stattgefunden haben soll. Wir müssen wissen, ob diese zur

Tatzeit schon zu Ende war."

Nachdem Schuster das Zimmer verlassen hatte, um diese Informationen einzuholen, richtete sich Petersen in dem Zimmer ein. Aus seinem Fahrzeug holte er die dazu notwendigen Utensilien und Formulare. Petersen war gerade dabei, das Tonbandgerät anzuschließen, als es an der Tür klopfte.

„Herein", rief er gespannt, wer ihn nach so einer kurzen Zeit schon aufsuchte.

Es war das Ehepaar Krumbholz, aus Zimmer »2«.

„Bitte?" Petersen bat die Eheleute, Platz zu nehmen.

„Ihr Kollege sagte, dass wir uns bei Ihnen melden sollten."

„Ja, richtig! Wie verlief denn bei Ihnen die letzte Nacht?", versuchte Petersen, der Befragung einen Anflug von Oberflächlichkeit zu geben. Er wollte die alten Leute nicht gleich mit dem Mord konfrontieren.

Die Eheleute waren um die siebzig Jahre alt. Sie sahen sich ob dieser Frage verwundert an. Offensichtlich wussten sie noch nichts von dem Vorgefallenen.

„Was wollen Sie von uns wissen?", fragte Frau Krumbholz, eine schlanke kleine Frau, zurück.

„Fragen wir mal so: Wie haben Sie in der letzten Nacht geschlafen? Haben Sie etwas Ungewöhnliches bemerkt?"

Frau Krumbholz fingerte an ihrer schon grauen Frisur herum. „Ich weiß nicht", begann sie vorsichtig. „Ich habe nichts Besonderes festgestellt. Du etwa, Richard?" Dabei sah sie ihren Ehemann an.

„Nein", schüttelte Herr Krumbholz den Kopf. „Ich habe auch nichts bemerkt. Wir sind gestern beizeiten ins Bett gegangen und sind bald eingeschlafen", antwortete Frau Krumbholz weiter.

„Und die Feier?“, bohrte Petersen.

„Ach, die Feier meinen Sie“, antwortete Frau Krumbholz. „Wir sind ja schon seit Jahren regelmäßig hier zu Gast. Da ist man so etwas ja schon gewöhnt. Ich habe kaum etwas gehört.“ Dann wandte sie sich wieder an ihren Ehemann: „Hast du etwas gehört?“

„Nein, ich hatte mit der Feier keine Probleme. Unser Zimmer liegt ja nach hinten raus. Außerdem höre ich etwas schlecht. Ich habe nichts mitbekommen.“

„Sie haben also nichts von der Feier gehört? Haben Sie sonst etwas Besonderes festgestellt?“, wollte Petersen erneut wissen.

„Nein! Ich war zwar nachts mal draußen, auf der Toilette. Aber da war alles ruhig. Richard, warst du nicht auch mal draußen?“, fragte Frau Krumbholz ihren Ehemann.

„Ich war nicht draußen“, antwortete er kurz.

„Ich habe dein Bett doch auch mal knarren gehört“, ließ sie nicht locker.

„Wer weiß, vielleicht habe ich mich nur mal umgedreht“, tat Herr Krumbholz diese Bemerkung ab.

„Wann war das, als Sie Ihr Zimmer verließen?“, fragte Petersen Frau Krumbholz.

„Ich habe nicht auf die Uhr gesehen. Wissen Sie! Ich habe es mir abgewöhnt, auf die Uhr zu sehen, um nicht erst wieder völlig munter zu werden. Tut mir leid, mit einer konkreten Zeit kann ich nicht dienen. Auf alle Fälle war es draußen noch dunkel.“

„Haben Sie auf Ihrem Weg zur Toilette etwas festgestellt, was nicht immer so war?“

Frau Krumbholz zuckte mit den Schultern. „Bei dem spärlichen Licht war ja kaum was zu erkennen. Was ist denn passiert? Sie fragen uns das doch nicht ohne Grund!"

„Ich möchte im Moment nicht darüber reden", erklärte der Oberkommissar. „Also, dann wünsche ich Ihnen noch einen schönen Tag", verabschiedete er die alten Eheleute. Noch während die beiden alten Leute zur Tür gingen, drehte sich Frau Krumbholz nochmals herum. „Hier ist doch was passiert!", stellte sie fest. „Sie wollen es nur nicht sagen! Aber eins ist mir eben eingefallen. Ich habe mich in der Nacht, als ich zur Toilette musste, gegruselt. Alles war so still im Haus. Das Licht so schummrig. Und dann war die Bodentür einen Spalt weit geöffnet. Ich dachte noch, dass sich dort ja sonst wer verstecken könnte!"

Herr Krumbholz drängte seine Frau. „Komm, Agnes! Meinst du, dem Herrn kümmert es, dass du dich gruselst, wenn du nachts mal musst? Komm schon, sonst können wir gleich hier bleiben." Und entschuldigend sagte er zu Petersen: „Wir wollen nämlich nach auswärts fahren."

„Wer weiß, vielleicht interessiert es den Herrn Kriminalisten doch", antwortete seine Frau, und damit verließen sie das Zimmer.

Kurz darauf trat Kommissar Schuster ein. „Das dauerte ewig, ehe die Frau das Buch mit den Namen rausgerückt hat", regte er sich auf. „Da musste erst ihr Mann kommen, dann ging es plötzlich."

„Na, zeig mal! Wie viele Leute verbringen hier ihren Urlaub?" Petersen war neugierig.

„Insgesamt sind es nur fünf Personen. Das sind ja nicht gerade viel. Ich hatte mit mehr Leuten gerechnet. Da lohnt es kaum, mittags zu kochen."

„Nur fünf?" Der Oberkommissar zeigte sich erstaunt. „Zwei davon waren schon bei mir."

„Ja, ich hatte sie gerade noch erreicht, ehe sie die Pension verlassen wollten. Sie sagten etwas, von wegfahren und so. Da dachte ich, dass ich die Leute vorher noch zu dir hoch schicken müsste."

Petersen nickte anerkennend. Dann studierte er das Gästejournal. „Dann ist außer Herrn Schneider nur noch Herr Blauhaupt aus dem Einzelzimmer da. Hoffentlich kann er uns etwas sagen!"

„Ich habe den Wirt schon nach Herrn Blauhaupt gefragt. Der Herr ist jetzt nicht mehr da."

„Hoffentlich ist das nicht unser Täter! Und während wir gewartet haben, war er inzwischen geflohen!", gab Petersen zu bedenken.

„Das glaube ich nicht. Denn der Wirt sagte, dass Herr Blauhaupt, wie üblich, nach dem Frühstück, das Haus verlassen hätte. Ich glaube nicht, dass er sich als Täter die Zeit genommen hatte, noch gemütlich zu frühstücken."

„Du weißt doch: Die einen machen es so heimlich, dass man es nicht merkt, und die anderen machen es so offensichtlich, dass man es gar nicht glaubt. Kannst du dich noch an die Sache mit ..."

Petersen wurde durch das Eintreten des Wirtes unterbrochen. „Sie sollen mal ans Telefon kommen."

„Ist gut, ich komme sofort."

Schon war der Wirt wieder raus, aus dem Zimmer.

Als der Wirt die Tür geschlossen hatte, fragte Petersen, was das zu bedeuten hätte.

„Sicherlich das Ergebnis meiner ersten Nachfrage", antwortete Schuster bedeutungsvoll.

„Welcher Nachfragen?"

„Ich habe unseren Leuten auf der Dienststelle gleich die

Namen der Gäste hier durchgegeben. Sicher ist sicher", antwortete Schuster vielsagend.

„Gut, ich merke schon, aus dir wird noch einmal ein guter Kriminalist", grinste Petersen. Dabei gab er seinem Mitarbeiter einen leichten Klaps auf die Schulter. „Dann will ich unsere Leute nicht so lange warten lassen." Petersen erhob sich und begab sich in das kleine Büro der Pension.

Als er nach dem Telefonat wieder ins Zimmer kam, war Schuster gerade dabei, die Personen zu notieren, die sich während der Tatzeit in der Pension aufgehalten hatten. „Na, was gibt es?", fragte Schuster neugierig.

„Einer der Gäste käme schon als Täter in Frage."

„Wieso?"

„Eben erhielt ich den Hinweis, dass dieser Herr Blauhaupt vorbestraft ist. Und nun rate mal, weswegen?"

„Was weiß ich? Mach es nicht so spannend."

„Wegen Vergewaltigung! Und", Petersen machte eine Pause, ehe er weitersprach, „er ist erst vor einem knappen Monat entlassen worden. Passt das nicht alles gut zusammen?"

„Eigentlich schon. Er quartiert sich in eine verschwiegene Pension ein, sucht sich in ein neues Opfer und schlägt dann zu! Danach verschwindet er wieder. Sollen wir ihn zur Fahndung ausschreiben?"

Petersen hielt Schuster noch zurück. „Ich möchte mich erst noch mit Herrn König über ihn unterhalten. Wenn Blauhaupt bis morgen nicht wieder da ist, dann eventuell."

* * *

Kapitel 8

Die Befragung des Wirtes erbrachte nichts Auffälliges über Herrn Blauhaupt. Er logierte seit knapp drei Wochen hier, kam pünktlich zum Frühstück und zum Abendessen und fand sich hin und wieder auch zum Mittagessen ein. Dann aber aß er nur eine preiswerte Speise. Ansonsten hatte er in der »Waldesruh« nur Halbpension gebucht. Abends saß er bisweilen noch eine Weile im Gastraum, trank drei Bier und drei Schnäpse und zog sich dann zurück. Ob er danach immer gleich in sein Zimmer ging, wusste Herr König nicht zu sagen.

„Also, genau genommen hat Blauhaupt kein Alibi. Er könnte der Mörder gewesen sein. Wer weiß, ob er nicht irgendwo nur darauf gewartet hatte, bis eine ihm günstige Gelegenheit kam", überlegte Schuster, als Petersen ihm die neuen Erkenntnisse darlegte.

„Wieso nur Blauhaupt? Frau Schneider war jung und vor allem attraktiv. Könnte nicht auch Herr Krumbholz ein Auge auf sie geworfen haben?", warf Petersen ein.

„Wie sollte er das denn praktizieren? Er schlief doch mit seiner Frau in einem Zimmer. Du sagtest doch, dass seine Frau sogar aufpasst, wann er sich im Bett herumdreht!", gab Schuster lächelnd seinen Kommentar dazu. Er war sicher, sie hätte es bestimmt bemerkt, wenn ihr Ehemann in der Nacht das Zimmer verließ. Auch wenn sie sich für die Tatnacht nicht sicher war. „Es wäre durchaus möglich, dass Herr Krumbholz nachts auch einmal raus müsste. Aber er hätte damit rechnen müssen, dass seine Frau dieses registrierte!"

„Trotzdem", wandte Petersen ein. „Wie er es gemacht hat, weiß ich im Moment auch nicht. Er kann nachts doch mal draußen gewesen sein. Und als er zu seinem Zimmer zurückging, kam ihm Frau Schneider entgegen. Schon könnte es passiert sein!", widersprach Petersen.

„Könnte nicht! Nie, könnte nicht!"

„Und warum nicht?"

„Also, ich denke, der Täter hat auf die Frau gewartet. Das bestätigt Lehrmeier ebenfalls. Er muss sogar ziemlich lange gewartet haben, denn es wurden vier Zigarettenkippen gefunden! Schon allein deshalb würde ich Herrn Krumbholz ausscheiden."

Petersen dagegen war der Meinung, dass die Zigarettenkippen schon im Laufe der Nächte vorher dorthin gekommen sein könnten. Es wäre immerhin möglich, dass es der Täter auf Frau Schneider abgesehen hatte und der Frau jede Nacht eine Weile auflauerte.

Also, könnte Herr Krumbholz nicht in den Nächten davor auch schon dort gestanden und auf die Frau gewartet haben.

„Und dabei jeweils nur eine Zigarette geraucht haben?", fragte Schuster.

„Denkbar wäre es doch! Oder nicht?"

„Schon, schon!", entgegnete Schuster gedehnt. Er konnte es sich nicht so recht vorstellen, dass Krumbholz als Täter in Frage kommen sollte. Um so gelegener kam ihm die Frage Oberkommissar Petersens. „Wollen wir unten mal nachfragen, ob wir hier etwas zum Essen bekommen? Vielleicht fällt uns dann noch etwas anderes ein!

* * *

Kapitel 9

An diesem Tage erwachte Frank Brunner mit einem Brummschädel. „Morgen Lena“, murmelte er noch schläfrig.

„Morgen ist gut! Es ist bereits Mittag! Ich bin schon eine gute Weile auf. Gerade wollte ich das Mittagessen vorbereiten. Wer soll sich denn sonst darum kümmern?“

„Ach, lass es sein! Ich habe noch gar keinen Appetit.“

„Das glaube ich gern“, beteuerte Lena. „Bei dem, was du zusammengetrunken hast, ist das ja auch kein Wunder!“

„Habe ich wirklich so viel getrunken?“, wunderte Frank sich. „Ich kann mich an nichts mehr erinnern. Wie sind wir denn nach Hause gekommen?“

„Gerald hat uns mitgenommen, das war doch vorher abgesprochen.“

Frank schüttelte den Kopf. „Siehst du, nicht einmal daran kann ich mich erinnern.“ Und nach einer kleinen Pause fragte er weiter: „Und, wie sind die anderen Gäste weggekommen?“

„Ach, da gab es eigentlich keine Probleme“, winkte seine Frau ab.

„Was heißt eigentlich?“ Frank wurde neugierig.

„Wie gesagt, Probleme gab es nicht. Aber als wir zurückfahren wollten, war Sepp nicht da. Wahrscheinlich ist er im Suff zu Fuß nach Hause gegangen.“

„Zu Fuß?“, lachte Frank Brunner vor sich hin. „Das ist doch ein ganz schönes Stück Weges bis hier nach Meuselroda.“

„Und wenn schon. Was haben wir denn mit ihm zu schaffen. Er war der vierzehnte Mann am Tisch und das war für mich das Wichtigste. Dafür hat er ja auch auf unsere Kosten Essen und Trinken können, soviel er wollte. Oder hast du ihm in dieser Richtung Vorschriften gemacht? Wir sind doch kein Kindergarten, dass wir Hand in Hand wieder nach Hause gehen müssen."

„Du hast ja Recht! Wie immer! Lena, komm, wir essen heute in der Pension »Waldesruh«. Ich muss ja sowieso noch einmal wegen der Abrechnung hin. Da kannst du dir die Arbeit heute sparen."

„Aber diesmal fahre ich. Von dem Alkohol, den du jetzt noch im Blut hast, könnten wir eine weitere Geburtstagsfeier veranstalten!"

Frank lachte still vor sich hin. „Schmoll doch nicht! Man wird doch nur einmal im Leben fünfzig Jahre!"

„Ja, aber einundfünfzig wird man auch nur einmal! Denke nicht, dass wir deswegen im nächsten Jahr wieder so eine Feier veranstalten! Komm, mach dich fertig. Wo sind denn die Fahrzeugschlüssel wieder?"

* * *

Als Brunners die Gaststätte in der Pension »Waldesruh« betraten, saßen Oberkommissar Petersen und Kommissar Schuster gerade im Gastraum beim Mittagessen.

Herr König begrüßte das Ehepaar Brunner freundlich, nachdem sie am Nachbartisch der Kriminalisten Platz genommen hatten. „Wie hat es Ihnen gestern gefallen?", fragte der Wirt die Brunners scheinheilig.

Herr Brunner schüttelte nur den Kopf und grinste vor sich hin.

„Wissen Sie", antwortete dessen Frau, „Frank war letzten Endes so voll, dass er sich an überhaupt nichts erinnern kann."

„Ach, ein bisschen weiß ich noch. Zum Beispiel, dass der Musiker immer weggelaufen war und so lange Pausen gemacht hatte."

„Und, was heißt das?", fragte der Wirt lauernd.

„Lassen Sie nur", winkte Frank Brunner ab. „Ich bezahle den Musiker schon, obwohl er mir nicht so zugesagt hat. Meinen Gästen scheint er jedoch gefallen zu haben. Übrigens, wie lange hatte er denn überhaupt Musik gemacht?"

Herr König überlegte. „Das muss so gegen halb zwei gewesen sein. Sie glauben gar nicht, wie schnell er seine Siebensachen eingepackt hatte und weggefahren war." Petersen wurde hellhörig. Könnte das der Täter gewesen sein? Gab es eine Verbindung zwischen der Feier und der Ermordung der Frau Schneider? Oberkommissar Petersen beschloss, diese Gelegenheit zu nutzen!

„Entschuldigen Sie. Wer ist denn dieser Musiker", fragte er so dahin, als der Wirt den Eheleuten Brunner das Mittagessen holte. „Kann man ihn auch mal engagieren?"

„Da müssen Sie schon Herrn König fragen. Er hatte ihn uns besorgt. Wir wissen nicht einmal, wie er heißt. Fragen Sie den Wirt doch selbst. Da kommt er gerade wieder."

In diesem Augenblick betrat der Wirt mit dem Essen für das Ehepaar Brunner wieder den Gastraum. Noch ehe Petersen dazu kam, dem Wirt die Frage zu stellen, wandte sich Frau Brunner an Herrn König.

„Dieser Herr dort am Nachbartisch möchte den Alleinunterhalter auch einmal engagieren. Haben Sie die Adresse von ihm?"

Herr König sah den Oberkommissar finster an. „Muss mal

nachsehen!", sagte er brummig. Dann wandte er sich wieder dem Ehepaar Brunner zu.

* * *

Der Wirt saß noch mit seinen Gästen zusammen, als die beiden Kriminalisten sich erhoben und auf ihr Zimmer gingen.

„Wie findest du den Hinweis auf den Alleinunterhalter?" Petersen fand die Vorstellung nicht so abwegig. „Könnte dieser nicht auch als Täter in Frage kommen?"

„Wenn du mich so fragst! Ich halte das auch für möglich."

„Nur, wenn ich dich so frage?"

Durch das Klopfen an der Tür wurde Schuster einer weiteren Antwort enthoben. Herr König trat ein.

„Musste das sein?", fragte er aufgeregt. „Bisher wusste noch niemand außerhalb unserer Pension etwas von dem Vorgefallenen. Da müssen Sie nach der Adresse des Alleinunterhalters fragen. Wer weiß, was Sie den Leuten sonst noch gesagt haben!" Herr König war ärgerlich.

„Nun mal langsam", konterte Petersen. „Ich habe nur nach seiner Adresse gefragt! Diese werden Sie uns hoffentlich nennen können, oder sollte ich etwa annehmen, dass Sie wissen wer der Täter ist?"

Der Wirt schnappte nach Luft. „Das ist eine unerhörte Unterstellung", rief er.

„Bringen Sie uns die Adresse?", fragte der Oberkommissar ungerührt. „Wir kommen nicht umhin, auch das Alibi des Alleinunterhalters zu klären. Nur deshalb möchten wir die Adresse des Musikanten haben. Mehr wollte ich nicht wissen. Ich habe nicht einmal nach Ihrem Alibi gefragt!"

„Ich bringe ihnen gleich die Rechnung des Musikers mit seiner Adresse." Mit hochrotem Kopf verschwand Herr König aus dem Zimmer.

„Was hältst du vom Verhalten des Wirtes", fragte Schuster.

„Wir werden erst einmal in Ruhe einen Plan erstellen und alle Personen eintragen, die irgendwie in Verdacht kämen."

„Und da wird der Wirt mit verewigt werden", ergänzte Schuster.

„Ja! Ist es das, was du hören wolltest?", wollte Petersen wissen.

Schuster nickte, wie zur Bestätigung.

Schon klopfte der Wirt erneut an die Tür und brachte die Rechnung des Alleinunterhalters. „Bitte sehr! Hier ist seine Adresse." Dann ging er wieder zur Tür. Aber, noch ehe er diese erreicht hatte, drehte er sich zu den beiden Kriminalisten herum und sagte: „Das mit dem Alibi war doch nur ein Scherz, hoffe ich."

„Sie können wohl keins erbringen?", tat Petersen unschuldig.

„Nein, eben nicht."

„Wieso nicht? Kann nicht mal Ihre Ehefrau Ihnen eins geben?"

„Sie schläft ... leider immer schon, wenn ich ins Schlafzimmer komme", stammelte er.

Vor dem Haus wurden Autotüren zugeworfen. „Ich glaube, es kommen Gäste. Sie verstehen?", fragte der Wirt. „Ich muss hinunter."

Petersen nickte ihm zu. Mit einer devoten Verbeugung verließ der Wirt das Zimmer wieder.

* * *

Kapitel 10

Einen kleinen Augenblick später kam der Wirt erneut in das provisorische Büro der beiden Kriminalisten. „Die Eltern der Toten sind eben gekommen", raunte er leise, als könnten sie es hören, wenn er normal laut sprach.

Oberkommissar Petersen sah Kommissar Schuster an. „Hast du diese etwa auch verständigt?"

Schuster schüttelte den Kopf. „Nein. Ich nicht."

„Oder haben Sie die Angehörigen eigenmächtig informiert?" Petersen sah den Wirt missbilligend an.

„Ich doch nicht!" Herr König wies diesen Vorwurf weit von sich. „Nein, ich war es bestimmt nicht."

„Wie dem auch sei! Danke für die Nachricht. Ich komme sofort hinunter."

Während der Wirt zur Tür ging, fragte Petersen noch: „Weiß Herr Schneider, dass seine Schwiegereltern da sind?"

„Nicht, dass ich wüsste." Damit verließ der Wirt das Zimmer.

Was hatte das zu bedeuten? Eigentlich ist das nicht üblich, dass die Eltern ihre Tochter während der Hochzeitsreise besuchen. Aber woher sonst sollten sie wissen, was vorgefallen war? Petersen zog sich seine Jacke über und ging in den Gastraum.

Frau Werner hatte schon wieder ein Cognacglas in der Hand. Die Wirtin hatte es ihr eingeschenkt.

Petersen begrüßte das Ehepaar.

Sie waren verwundert, dass ihre Tochter sie nicht begrüßte.

„Wir baten den Wirt, unsere Tochter zu informieren, dass

wir hier sind. Wo ist sie? Weshalb kommt sie nicht, uns zu begrüßen?“

Petersen druckste etwas herum. Er wusste, was jetzt kommen würde.

„Frau...“ Er zögerte, weil er ihren Namen nicht kannte.

„Werner“, half Annegrets Mutter aus.

„Frau Werner! Ihre Tochter ist in der vergangenen Nacht das Opfer eines Verbrechens geworden.“

„Was wollen Sie damit sagen?“, fuhr Frau Werner den Kriminalisten schroff an. „Was heißt das?“

„Ihre Tochter ist ermordet worden“, sagte Petersen leise.

Frau Werner konnte nur noch sagen: „Ich habe es geahnt!“ Dann fiel sie ihrem Ehemann in die Arme.

„Wie ..., wie ist es geschehen?“, fragte Hartmut Werner leise. „Haben Sie schon den Täter?“

Petersen schüttelte den Kopf. „Nein! Wir ermitteln noch.“

Frau Werner öffnete kurz die Augen. „Warum ermitteln sie noch lange! Das war Jörg! Jörg Schneider! Er ist mit unserer Tochter hier. Warum sperren Sie ihn nicht ein? Wo ist er eigentlich? Warum kommt er nicht, seine Schwiegereltern zu begrüßen?“ Die Erregung Frau Werners war nicht zu übersehen.

„Lass doch den Jungen aus dem Spiel“, wandte Hartmut Werner ein. „Meinst du nicht, dass es auch für ihn traurig genug ist?“

„Ich habe es gleich geahnt!“, wiederholte sie sich, während sie sich in ihr Taschentuch schnäuzte. „Ach was, geahnt! Gewusst habe ich es, dass es so kommen würde! Er hat unsere Annegret umgebracht!“ Frau Werner schien völlig außer Fassung zu sein. Sie sank auf ihre Bank zusammen.

„Was soll das, Elisabeth! Verdächtigst du etwa Jörg?“, fragte

Annegrets Vater. „Wir wollen doch trotz der Trauer einen kühlen Kopf bewahren!"

„So! Verdächtigst du ihn etwa nicht? Ha!" Sie lachte gekünstelt, während ihr die Tränen über das Gesicht liefen. „Was weiß ich denn, weshalb dieser Kerl mit Annegret in diese Weltabgeschiedenheit gefahren ist. Meuselroda! Wer kennt schon Meuselroda! Musste es um jeden Preis dieses abgelegene Nest hier sein?" Sie trank wieder einen großen Schluck aus ihrem Glas und platzte heraus: „Jetzt erbt Jörg sogar noch Annegrets Anteil!"

„Musst du jetzt von Geld reden?", wies Herr Werner seine Ehefrau zurecht. „Bei aller Trauer, Elisabeth! So weit hättest du nicht gehen dürfen!"

Petersen redete ruhig auf die Eltern ein.

„Wie stehen Sie zu Herrn Schneider?", fuhr er dann fort.

Wieder fuhr Frau Werner, voller inneren Schmerz gepeinigt, in die Höhe. „Wie ich zu ihm stehe? Er hatte es von Anfang an auf unser Geld abgesehen. Dieser Kerl war doch nur ein Bauarbeiter! Ein Habenichts!"

Voller Verzweifelung schlang sie sich ihrem Ehemann um den Hals und weinte ihren Schmerz heraus.

„Sie sollten die Vernehmung abbrechen", sagte Herr Werner, bezahlte die zwei Cognac, die seine Ehefrau inzwischen getrunken hatte und verließ mit seiner Frau die Pension.

Als Petersen wieder das Zimmer »3« betrat, sagte er: „Ich denke, dass wir uns um Jörg Schneider kümmern müssen."

„Meinst du, dass er seine Frau umgebracht hat?"

Petersen zuckte mit den Schultern.

* * *

Jörg Schneider hatte das Fahrzeug seines Schwiegervaters vor dem Haus stehen sehen. ‚Woher wussten sie, dass ...', überlegte er, während er leise die Stufen hinunterstieg. Durch die offene Tür des Schankraumes hörte er die Vorwürfe seiner Schwiegermutter gegen ihn.

Er hielt kurz inne und überlegte. Nein, in dieser Verfassung wollte er seine Schwiegermutter nicht gegenübertreten.

Hastig ging er zurück in sein Zimmer und warf die Sachen in die Koffer. Jedes Mal, wenn er ein Bekleidungsstück seiner toten Frau in die Hand nahm, überkam ihn tiefe Trauer über sie.

„Warum nur?“, weinte er leise vor sich hin. Er hatte sich eine schöne Zukunft an der Seite seiner Annegret vorgestellt. Jörg, ein gelernter Bauhandwerker, wollte später einmal für seine Familie und sich ein hübsches Einfamilienhaus bauen. Das Grundstück dazu hatten sie sich schon gemeinsam ausgesucht. Jörg aber müsste seinen Schwiegereltern erklären, was vorgefallen war.

Er konnte es aber nicht! Auf alle Fragen die er sich selbst gestellt hatte, kam er nur auf die eine stereotype Antwort: „Ich weiß nichts! Wäre ich doch nicht mit Annegret nach Meuselroda gefahren!“

* * *

Kurze Zeit später saß Frau König den Kriminalisten im Zimmer »3« gegenüber. „Erzählen Sie uns doch bitte einmal, wie die Geburtstagsfeier gestern Abend abgelaufen war“, wollte Petersen wissen.

„Ja!“, begann sie. „Was soll ich dazu sagen? Was wollen sie denn hören?“

„Alles, womit wir den Mord auf dem Boden Ihrer Pension aufklären können."

„Dazu kann ich nichts sagen."

„Wann wurde nachts das Haus abgeschlossen?"

„Das macht mein Mann immer, wenn alle Gäste gegangen sind."

„Und, wann war das gestern?"

„Das weiß ich nicht so genau. Das ist die Aufgabe meines Mannes. Immer, wenn im Hause Ruhe eingetreten ist, schließt er die Haustür und geht nochmals durch das Haus."

„Und dann erst kommt er zu Ihnen ins gemeinsame Schlafzimmer?"

Frau König sah verlegen vor sich auf den Teppich. Irgendwoher muss ein Fussel dort hingekommen sein. Sie hob diese auf und zerkrümelte ihn nervös zwischen den Fingern.

„Was ist? Wann ist Ihr Mann in der letzten Nacht gekommen?", provozierte der Oberkommissar eine Aussage der Wirtin.

„Ich ... und ... mein Mann schlafen ... nicht mehr zusammen."

„So?", fragte Petersen erstaunt.

„Mein Mann ...", Frau König schnäuzte sich in ihr Taschentuch. „Mein Mann hatte mich betrogen. Mit einer Frau, die hier in der Pension logierte. Ich habe sie in flagranti erwischt! Deshalb schlafen wir getrennt. Wir haben uns so geeinigt. Ich möchte meinen Mann nicht mehr in meinem Schlafzimmer haben, deshalb habe ich ihm vorgeschlagen, dass er in einem der Gästezimmer schläft. Da kann er tun, was er will!"

„Aber, ehe er schlafen geht, macht er auf alle Fälle noch seinen Rundgang?", vergewisserte sich Petersen nochmals.

„Ja! Das macht er regelmäßig. Aber - das mit dem Schlafen geht doch keinem etwas an. Das brauchen Sie hoffentlich niemanden erzählen. Wir haben unseren Gästen immer eine harmonische Ehe vorspielen können."

„Ich denke nicht, dass wir das in alle Welt hinausposaunen müssen. Das gibt es in anderen Familien auch. Sonst wissen Sie nichts, was uns weiterhelfen könnte?"

„Nein, wie gesagt ..."

Petersen bedankte sich und ließ Frau König wieder in die Küche gehen. Während Schuster die Unterlagen sichtete, klopfte Petersen an Jörg Schneiders Zimmertür. Nichts rührte sich. Vorsichtig griff er an die Klinke. Die Tür war nicht abgeschlossen. Petersen trat ein. Das Zimmer war leer. Die Schränke offen. Schneider war abgereist! Der Oberkommissar suchte den Wirt auf. „Hätten Sie uns nicht vorher davon in Kenntnis setzen können?"

„Ich weiß gar nicht, wovon sie reden." Herr König schüttelte entrüstet den Kopf. „Was meinen sie denn?"

„Rein zufällig stellte ich fest, dass Herr Schneider inzwischen abgereist ist."

„Was? Abgereist? Abgehauen ist er! Ich habe davon nichts gewusst. Er hat auch noch nicht bezahlt."

Herr König war empört. „Das sind mir die Richtigen!", schimpfte er. „Erst das beste Zimmer verlangen und dann stinkheimlich abreisen, ohne es zu bezahlen!"

Oberkommissar Petersen versuchte, ihn zu beruhigen. „Er wird sich schon melden. Vielleicht wollte er nur seiner Schwiegermutter aus dem Wege gehen."

„Na ja! Hoffen wir, dass ich mein Geld noch bekomme. Bei aller Trauer, das Geld muss ich haben!"

* * *

Kapitel 11

Dann saßen sich Petersen und Schuster in ihrem »Büro« wieder gegenüber, und sie unterhielten sich darüber, was sie inzwischen zusammengetragen hatten.

„Als erstes haben wir da einen stark verdächtigen Mann, der nun nicht mehr da ist“, begann Schuster.

„Sprichst du von Herrn Schneider?“, fragte Petersen.

„Nein, wieso? Ist er auch geflüchtet?“

Petersen zuckte mit den Schultern. „Sein Zimmer ist leer! Sicher ist er abgereist.“

„Das ist bestimmt unser Täter! Wir haben ihn mit Glacehandschuhen angefasst, und er reist, als wir ihn einen Augenblick nicht beobachten, einfach ab!“

„Vielleicht hatte er es eilig, weil die Schwiegereltern kamen? „Aber dann hätte er uns wenigstens Bescheid sagen können“, ergänzte Schuster.

„Mach weiter. Wir werden das schon rausbekommen. Wenn er abgereist ist, können wir im Moment ohnehin nicht viel tun.“ Petersen überlegte einen Augenblick. „Nicht doch! Jetzt fällt es mir ein: Er ist einfach so nach Hause gefahren. Er hatte mich vor dem Eintreffen seiner Schwiegermutter schon gefragt, ob wir ihn noch brauchen würden.“

„Irgend etwas wird an dem Gerede seiner Schwiegermutter schon dran sein!“, wandte Schuster ein. Und er las vor, was er sich notiert hatte. Angefangen bei Blauhaupt, der bereits wegen Vergewaltigung vorbestraft war. Vielleicht hatte er in dieser Nacht auch „nur“ dergleichen von Frau Schneider gewollt, und diesen Mord gar nicht von vornherein geplant?

Als nächsten Verdächtigten nannte er den Alleinunterhalter, der während des Abends oft große Pausen gemacht haben soll. Er hätte in dieser Zeit im Hause herumlaufen können. Und so hätte auch er folglich Gelegenheit, Frau Schneider in der Nacht auf dem Wege zur Toilette zu begegnen. „Wie wir wissen, war diese nur mit einem reizvollen Negligé bekleidet gewesen. Wer kann, falls der Alleinunterhalter eine nächtliche Begegnung mit Frau Schneider hatte, im Moment sagen, was ihm in diesem Augenblick durch den Kopf ging?“

Dann nannte Schuster den Pensionsgast, der trotz des Lärmes überhaupt nichts gehört haben will.

„Du meinst Herrn Krumbholz, denke ich“, ergänzte Petersen.

„Stimmt. Auch wenn ich der Meinung bin, dass man solch einen gesunden und festen Schlaf haben kann, darf man ihn nicht ausschließen.“ Schuster hatte ihn mit auf die Liste gesetzt. Und sogar der Wirt wurde als Verdächtigten mit einbezogen.

„Besonders, nach seiner widersprüchlichen Aussage.“

„Weshalb hat er uns gegenüber gesagt, dass seine Frau schon schlief, als er ins Schlafzimmer kam?“

„Vielleicht wollte er nicht sagen, dass seine Frau ihn aus dem ehelichen Schlafzimmer geworfen hatte“, kommentierte Schuster Petersens Frage.

„Mir will einfach nicht in den Kopf, warum er uns zu einer für uns so harmlosen Frage belogen hat.“

„Er hatte einfach Angst, wir würden ihn verdächtigen, wenn herauskäme, dass er schon Liebschaften mit weiblichen Gästen begonnen hatte! Das würde ihn doch erst recht verdächtig machen“, entgegnete Schuster. „Übrigens, Blauhaupt! Soll ich ihn zur Fahndung ausschreiben lassen?“

„Hast du einen dringenden Tatverdacht?", wollte Petersen wissen.

Kommissar Schuster sah seinen Oberkommissar zweifelnd an. „Einen Tatverdacht schon, aber ..."

„Aber keinen dringenden. Ich muss dir hoffentlich nicht erst den Unterschied zwischen einem bloßen Tatverdacht und einem dringenden Tatver ..."

„Ist gut", fiel Schuster Petersen ins Wort. „Den brauchst du mir wirklich nicht zu erklären. Ich weiß, wir haben nichts gegen Blauhaupt in der Hand, als nur die Tatsache, dass er vorbestraft ist und kein Alibi erbringen kann. Das kann übrigens niemand! Also, was tun wir mit Blauhaupt und Schneider?"

„Wir werden sehen!" Damit vertiefte sich Petersen in die bisher geschaffenen Unterlagen. Schuster teile ihm seine Befürchtungen mit, dass dieses noch nicht alle Verdächtigen sein würden.

„Wieso nicht?", wollte Petersen wissen.

„Denk mal an die Geburtstagsgäste!"

„Mal nur nicht den Teufel an die Wand. Schon wenn ich daran denke, dass der Gastgeber sich an nichts mehr erinnern kann, graut es mir. Er könnte ebenfalls der Täter sein, oder nicht?"

Schuster gab zu bedenken. „Dann wären das noch ein paar Männer mehr."

„Ich denke, die ersten fünf Leute werden uns Probleme genug aufgeben. Es ist bald Zeit zum Abendessen. Komm, Herr Blauhaupt könnte wieder im Hause sein. Wenn wir diesen Mann gehört haben, machen wir erst einmal Feierabend. Übrigens Feierabend!"

Petersen sah auf seine Uhr! „Verdammter Mist", rief er so laut, dass Schuster ihn verwundert ansah. So wütend hatte der Kommissar seinen Chef lange nicht gesehen.

„Was ist mit dir los?“

„Ich hatte meiner Frau fest versprochen, mit ihr heute am Abend ins Theater zu gehen. Das wird nun, wie ich die Sache einschätze, wieder nichts! Ich muss sie sofort anrufen!“

* * *

Als Petersen seine Frau am Telefon hatte, rief sie gleich: „Sag nicht, dass es heute wieder nicht klappt! Petersens Frau war enttäuscht, wie schon so oft.

„Mäuschen, es tut mir leid! Glaub es mir. Ich kann hier nicht weg. Ich erzähle dir später mehr. Nun musst du doch jemanden von der Straße mitnehmen“, versuchte Petersen mit seiner Frau zu scherzen. „Zum Verfallenlassen sind die Karten zu teuer gewesen. Bitte, sei mir nicht böse. Wie gesagt, es tut mir sehr leid.“

„Nic, mach dir keine Vorwürfe. Ich kenne das nur zur Genüge. Ich habe es ja heute früh schon gesagt: Ich glaube erst daran, wenn wir alles hinter uns haben.“ Petersens Frau machte eine Pause. Er wusste, dass sie sich die Tränen aus den Augen wischte.

„Hier bin ich wieder“, sagte sie dann mit fester Stimme. „Ich werde Grit fragen, ob sie mitkommen kann. Damit die Karten nicht verfallen. Ich möchte nur wissen, ob es irgendwann doch einmal klappt, dass wir in aller Ruhe ins Theater kommen? So, wie ich die Sache einschätze, erst nach deiner Pensionierung. Ich bin mir nicht einmal sicher, ob die Polizei dann ohne dich auskommt.“

Verärgert warf sie den Hörer auf das Telefon.

* * *

Kapitel 12

In Meuselroda war Lena Brunner wieder einmal bei ihrem Lieblingsthema. „Musstest du dem König soviel Trinkgeld geben? Was hat er denn gemacht? Er hat das Fass Bier hingestellt und die Schnapsflaschen. Dann kam er immer nur mal nachsehen, ob er nicht wieder etwas herausstellen soll! Sonst war er doch die ganze Zeit nicht da!"

„Na, komm! Schließlich hat er das Ganze organisiert! Wir brauchten uns doch um nichts kümmern."

„Organisiert nennst du das? Der Musiker war doch ein Lacher! Alleinunterhalter nannte er sich! Hätten wir lieber unsere Musik von zu Hause mitgebracht. Bei dem Lärm hat man vor lauter ‚bum - bum – bum' keine Melodie erkannt. Und die Späße, die er machen wollte, gingen auch alle voll daneben. Ach lass es sein, am liebsten war er mir, wenn er wieder mal einer seiner langen Pausen gemacht hatte. Dann konnte man sich wenigstens außer betrinken auch etwas unterhalten." Lena Brunner schüttelte ihren Kopf. „Und dafür gibst du dem Wirt noch soviel Geld! Frank, ich verstehe dich nicht."

„Eigentlich wollte König einen anderen Unterhalter besorgen, aber dieser hatte gerade eine andere Feier", gab Herr Brunner kleinlaut zu. „Sei lieb, es war mein fünfzigster Geburtstag! Und - es war doch ganz lustig."

„Lustig nennst du das? Hast du gesehen, wie Sepp sich an Tante Hannelore rangemacht hat? Ich habe bloß drauf gewartet, dass Onkel Gerhard ausrastet. Gott sei Dank blieb das aus. Das gäbe eine tolle Schlägerei! Und übrigens!", sagte sie nachdenklich. „Ich glaube nicht, dass das die beste Idee war, Sepp einzuladen. Der hat nur gesoffen, und als er voll war, hat er alle Frauen betatscht."

„Aber, du wolltest es doch so haben."

„Wusste ich denn, dass er in der Zwischenzeit so ein Casanova geworden ist? So ein Draufgänger! Und wenn du mal hundert Jahre alt wirst! Den laden wir nicht wieder ein!"

„Dir hat er doch hoffentlich nichts getan", versuchte Frank Brunner, seine Frau zu beruhigen.

„Da sei Gott vor!" Damit hob sie beschwörend ihre Hand und schwenkte sie vor sich hin und her, grad so, als würde sie jemandem Schläge androhen.

Frank musste lachen. „Wenn man dich so sieht! Ich glaube, du hättest Kleinholz aus Sepp gemacht!"

„Das kannst du glauben."

* * *

Drei Straßen weiter hatte Frau Steinbauer ihre Not, ihren Sohn zum Aufstehen zu bewegen.

„Sepp, komm, steh auf!" Frau Steinbauer war ungehalten. „Was ist nur mit dir los? Du gehst fort, wann du willst! Du kommst wieder, wann es dir passt! Dann verschläfst du den ganzen Tag! Aber, an die Wirtschaft denkst du nicht!"

Sepp drehte sich im Bett herum. „Mutter, ich bin alt genug, mal Geburtstag zu feiern, auch ohne dich zu fragen. So, und nun lass mich schlafen. Mein Kopf! Verstehst du?"

„So? Du hast Geburtstag gefeiert?", begann Frau Steinbauer wieder. „Was redest du denn da? Ich weiß doch, wann du Geburtstag hast! Also, raus mit der Sprache! Wo warst du?"

„Ich war zu Frank Brunners Geburtstag eingeladen."

„Pah, Frank Brunner! Der hat dich, seit du wieder hier bist, noch nicht wieder angesehen!"

„Hat er doch! Er hat seinen Fünfzigsten gefeiert."

„Und dazu hat er ausgerechnet dich gebraucht?"

„Mutter, du wirst es mir nicht glauben! Die haben mich tatsächlich »gebraucht«! Franks Frau ist so abergläubisch, dass sie sich lieber mit mir an einen Tisch setzten, als mit dreizehn Personen an der Tafel zu sitzen."

„Ach, das glaubst du alleine nicht."

„Oh, mein Kopf", stöhnte Joseph.

„Was ist mit deinem Kopf?"

„War ich gestern voll! Ich habe ganz schön zugelangt! Bei so einer Gelegenheit!"

„Das glaube ich gut und gerne! Zugelangt!", wiederholte sie. „Aber nicht beim Alkohol. So besoffen, wie du jetzt tust, warst du gar nicht. Ich habe genau gehört, wann du kamst. Du warst schon manchmal so voll, dass du das Schlüsselloch nicht fandest. Aber gestern nicht! Du hast sogar deine Schuhe ausgezogen, um unbemerkt in dein Zimmer zu schleichen. Na, Junge, hast du nicht doch Lust, aufzustehen? Dein Abendessen steht bereits auf dem Tisch."

„Abendessen? Ist es schon so spät?" Joseph Steinbauer sah auf die Uhr. „Warte, ich komme! Ich fahre heute Abend noch fort." Und mit einer, für seinen vorgespielten Kater, unglaublichen Geschwindigkeit, war er aus dem Bett gesprungen, ließ sich eine Weile das kalte Wasser aus der Leitung über den Kopf laufen und zog sich an.

„Was hat das denn wieder zu bedeuten? Aus dir soll einer schlau werden!" Frau Steinbauer schüttelte den Kopf. „Wo willst du so spät noch hin?"

„Ich will fort! Das sagte ich doch schon."

„So spät noch? Willst du mir nicht erklären, was das wieder

zu bedeuten hat? Willst du schon wieder Geburtstag feiern?"

„Komm, geh bitte mal aus dem Weg. Ich muss den Nachtzug erreichen. Aus dem Alter bin ich ja nun Gott sei dank heraus, in dem ich dir über jeden meiner Wege Rechenschaft abgeben musste, denke ich."

* * *

„Ich habe es gewusst, dass es so kommen würde", sagte Petersens Ehefrau vor sich hin, während sie die Telefonnummer ihrer Freundin suchte. Nachdem sie diese gewählt hatte, lauschte sie lange dem Ton, doch es meldete sich niemand. Dann wählte sie eine andere Nummer.

Sie meldete sich und wartete. „Konrad, bist du es?", rief sie dann in den Hörer.

„Ja, hier ist Konrad. Was hast du denn für Sorgen? Kann ich dir helfen?"

Frau Petersen teilte ihm ihr Problem mit.

„...und, da wollte ich fragen, ob du vielleicht...?"

„Na klar! Du weißt doch, ich helfe dir immer, wenn ich kann!"

„Ja, wenn du kannst! Das hört sich genau so an, wie die Ausreden von Nic! Ach, wie ich die Kriminalpolizei langsam hasse! Nie kann man sich etwas mit seinem Ehemann vornehmen ...!"

„Lass uns nicht mehr so lange reden! Mach dich fertig! Ich hole dich in einer halben Stunde ab. Reicht dir das?"

„Ich bin schon fertig. Die Zeit drängt. Die Vorstellung fängt bald an."

„Gut, ich hole dich gleich ab. In Ordnung?"

„Ja." Dann legte sie auf.

Wieder einmal hatte es Oberkommissar Petersen nicht geschafft, sich von seinem Dienst frei zu machen. Und das war für seine Frau um so trauriger, als er nicht einmal die obligatorische Bereitschaft hatte.

* * *

Inzwischen war Herr Blauhaupt mit seinem Abendessen zu Ende. Genüsslich wischte er sich mit der Serviette über die Lippen und setzte das Bierglas an, um den Rest aus dem Glase zu trinken. Das war für Petersen das Zeichen, sich zu ihm zu gesellen.

Allerdings bedeutete er Schuster, an seinem Tisch sitzen zu bleiben. „Guten Abend, Herr Blauhaupt, ich hoffe, es hat Ihnen geschmeckt?"

„Danke! Aber ich vermute, das ist nicht der Grund, weshalb Sie sich an meinen Tisch setzten. Denn Sie hatten ja eben selbst gegessen."

„Sie haben Recht", antwortete Petersen ihm. „Ich hätte gern gewusst, was Sie am gestrigen Abend gemacht haben?"

„Und, darf ich fragen, weshalb Sie sich dafür interessieren? Ich habe mich hier in die Pension »Waldesruh« einlogiert, weil ich meine Ruhe haben wollte. Ruhe! Verstehen Sie? Von allem nichts sehen und nichts hören! Und nun kommt irgendein Schnüffler und will mir Löcher in den Bauch fragen!" Herr Blauhaupt wurde immer lauter. Dabei machte er Anstalten, sich zu erheben.

„Sie haben es richtig erfasst", antwortete Petersen. „Wir sollten uns oben in unserem Zimmer weiter unterhalten."

„Wie käme ich dazu?" Er lachte hämisch.

„Herr Blauhaupt, wir sind von der Kriminalpolizei. Wir

haben tatsächlich ein paar Fragen an Sie und möchten Sie bitten, uns in unser Zimmer zu begleiten. Würde das ohne großes Aufsehen gehen?“

„Ich habe es mir doch gedacht!“, sagte Herr Blauhaupt ungehalten. „Ich werde wohl niemals wieder Ruhe haben.“ Damit begleitete er die Kriminalisten in die obere Etage.

Oberkommissar Petersen stellte das Aufnahmegerät ein. „Herr Blauhaupt, ich möchte gern meine Frage von vorhin wiederholen: Wo waren Sie gestern Abend?“

„Wollen Sie mir endlich sagen, wozu Sie das wissen wollen?“

„Vielleicht erlauben Sie es uns, noch ein wenig damit zu warten.“

„Dann warte ich auch mit meiner Antwort!“

„Herr Blauhaupt, ich gab dem Wirt mein Wort, dass ich über das Vorgefallene vorerst keine großen Worte mache.“

„Dabei weiß jeder, der sich hier im Hause aufgehalten hatte, was los war“, antwortete Herr Blauhaupt.

„Jeder?“, fragte Schuster.

„Na, es war ja wohl laut genug. Ich jedenfalls konnte bei dem Lärm nicht schlafen.“

Jetzt fiel Petersen ein, dass Blauhaupt die Feier meinte. Und er nahm erst an, Blauhaupt würde etwas von dem Verbrechen wissen.

„Und was haben Sie dagegen getan?“

„Was soll man gegen einen solchen Lärm tun können. Ich lag bereits im Bett, als der Lärm begann. Ich hatte mich wieder angezogen und bin draußen Spazieren gegangen. Immer so in der Nähe der Pension. Bis sich der Lärm gelegt hatte. Dann kam ich zurück.“

„Hat Sie jemand dabei gesehen?“

„Bei dem Spaziergang? Bei der Finsternis?“ Herr Blauhaupt war außer sich. „Wer soll mich denn gesehen haben?“ Er stand auf. „Entweder sie sagen mir augenblicklich, was Sie von mir wollen oder Sie hören kein Wort mehr von mir.“ Er machte ein paar Schritte zur Tür. Dort drehte er sich um. „Im übrigen werde ich morgen wieder abreisen. Das ist ja eine Zumutung. Man kommt hierher, um seine Ruhe zu haben, und wird an einem Tag mehr belästigt, als in den letzten Jahren.“

„Dreieinhalb Jahre, wenn ich nicht irre!“, tat Petersen gelassen, „Da hatten Sie doch Ruhe genug!“

„Also, das schlägt dem Fass den Boden aus!“

„Kommen Sie, setzen Sie sich lieber. Ich glaube, ich muss deutlich werden. In der letzten Nacht wurde hier in der Pension eine Frau ermordet. - Eine junge Frau!“, klärte Oberkommissar Petersen den Pensionsgast auf.

Nun nahm Herr Blauhaupt doch wieder seinen Platz ein. „Was sagen Sie? Eine Frau wurde ermordet?“, fragte er erschüttert. Doch dann fuhr er auf: „Und nun fragen Sie mich, wo ich mich während dieser Zeit aufgehalten habe? Sie verdächtigen mich? Sie denken wohl, ich hätte es getan?“

Petersen nickte. Herr Blauhaupt stand auf und verließ das Zimmer.

„Was sollen wir jetzt tun?“, fragte Schuster den Oberkommissar.

„Abwarten. Er wird sich schon beruhigen! Beruhigen, wiederkommen und sich entschuldigen.“

Als die beiden Kriminalisten lange genug gewartet hatten, ging Petersen auf den Korridor und horchte. Er wollte wissen, wohin Blauhaupt gegangen war. Dann klopfte er an dessen Zimmertür. Niemand war zu hören. Er klopfte noch einmal. „Herr Blauhaupt! Ich bin es, Petersen! Sie brauchen doch nicht gleich wegzulaufen, wenn Sie nichts gemacht haben."

Keine Antwort. Nicht einmal das Knarren eines Stuhles oder das Quietschen eines Bettes war zu hören.

Petersen drückte die Klinke nieder. Die Tür war verschlossen. Unruhig ging er in sein Zimmer zurück. „Schuster, ich denke, es ist was passiert. Ich geh runter, den Wirt holen. Der soll das Zimmer aufschließen!"

Als Petersen die Stufen zum Erdgeschoss herunterlief, hörte er gerade noch, wie ein Personenwagen abfuhr. Er sah zur Tür hinaus, konnte aber durch die leichte Krümmung, die der Weg machte, nichts mehr erkennen. So ging er in den Gastraum.

„Herr König, wer war eben weggefahren?"

„Herr Blauhaupt."

„Wo ist er hin? Wann kommt er wieder?"

„Ich schätze, er wird kaum wiederkommen. Er warf einen Fünfhunderter auf den Tisch, und bat mich, ihm seine Sachen nachzuschicken!"

Als Petersen wieder in seinem Zimmer war, entschied er, Feierabend zu machen. Es war ohnehin spät und die ersten Maßnahmen eingeleitet.

Dann gingen sie zu Herrn König. „Ich möchte die Rechnung. Also, - machen Sie es rund." Damit hielt Petersen ihm einen großen Geldschein hin. Der Wirt wechselte. Oberkommissar Petersen steckte das zurückerhaltene Geld in ein Extrafach. Sein Mitarbeiter, Kommissar Schuster, grinste.

„Für alle Fälle?", fragte er, als sie die Stufen zum Obergeschoss hinaufstiegen.

„Ja, für alle Fälle. Wenn ich auch glaube, dass es uns nicht viel weiterbringen wird."

„Wie das? Ich dachte, du wolltest das Geld als heimliche Reserve."

„Nein. Ich steckte es zur Seite. Für alle Fälle! Weil dort die Fingerabdrücke des Wirtes zuletzt drauf sind."

„Da habe ich doch vorgesorgt. Ich habe mir das Glas eingesteckt, als er uns mittags das Bier serviert hatte."

„Also, dann haben wir alles beieinander und können fahren."

Der Wirt wünschte den Kriminalisten eine gute Heimreise. Petersen bemerkte, dass er nachdenklich war.

„Wir werden uns bestimmt bald mal wiedersehen", rief der Kriminalist ihm zu, ehe er das Fahrzeug startete.

* * *

Kapitel 13

Gedankenversunken ging der Wirt wieder ins Haus zurück. „Was meint er damit?", murmelte er so vor sich hin. Er machte seinen Rundgang durch das Haus und schloss überall ab. Anschließend begab er sich ins Schlafzimmer zu seiner Frau.

„Du?", rief sie erschrocken, als er eintrat.

Ohne eine weitere Aufforderung oder Ablehnung abzuwarten trat er ein und setzte sich auf die Kante ihres Bettes. „Ich habe Probleme!"

„Und nun soll ich sie für dich klären?"

„Ich weiß nicht. Vielleicht hilft es auch, nur darüber zu reden."

„Na, dann rede mal! Was hast du denn?"
„Ich habe den Kriminalisten belogen!"
„Du hast wohl die Frau doch...?"
Blitzschnell warf sich Herr König über seine Frau und hielt ihr den Mund zu. „Denke nicht so etwas. Und vor allem, sprich solche Gedanken nicht aus! Ich war es nicht! Das schwöre ich dir! Trotzdem, ich habe dem Kriminalisten nicht die volle Wahrheit gesagt. Und er drohte wiederzukommen!"
„Was heißt, er drohte?"
„Als er wegfuhr, sagte er, dass er wiederkommen würde. Er wird mir bestimmt auf die Schliche kommen. Und wenn man einmal beim Lügen erwischt wird ..."
„Ich weiß, dann glaubt man ihm nie wieder etwas", beendete Frau König den Satz ihres Mannes. „Und?", fügte sie hinzu: „Sag es ehrlich! Warst du es?"
„Nein!"
„Und was soll ich tun, um dir zu helfen?"
Herr König setzte sich wieder aufrecht auf das Bett seiner Frau und schüttelte langsam den Kopf. „Ich habe gesagt, dass du schon schliefst, als ich nach meinem abendlichen Rundgang ins Schlafzimmer kam. Was soll ich jetzt machen?"
„Ach du grüne Neune! Ich habe ihm bereits erzählt, dass wir nicht mehr miteinander schlafen."
„Konntest du es dir nicht verkneifen?"
„Verkneifen, verkneifen", murmelte sie vorwurfvoll. „Man muss schon die Wahrheit sagen. Was ist dir lieber? Eines Mordes verdächtigt zu werden, oder nur des Ehebruches? Geh! Der Tag war aufregend genug. Ich möchte schlafen!"
„Ich weiß schon", sagte Herr König. Er erhob sich und verließ voller Sorgen das Schlafzimmer seiner Frau. „Vielleicht sollte ich den Kriminalisten lieber anrufen und alles

gestehen!" In dieser Nacht schlief Herr König sehr unruhig. Immer wieder tauchten die Bilder der toten Frau Schneider vor ihm auf. Und sie wechselten ab mit solchen Bildern, in denen Oberkommissar Petersen, immer größer werdend, auf ihn zukam und ihm Fragen stellte.

* * *

Es war sehr spät, als Petersen nach Hause kam. Leise schloss er die Wohnungstür auf. Da fiel ihm ein Lichtstrahl ins Gesicht. Er hatte gehofft, dass seine Frau zu Bett gegangen sein würde. Das hätte ihm nach dem anstrengenden Tag lange Vorhaltungen erspart.

„Wieso bist du noch nicht im Bett?", fragte er verwundert.

„Ich lass den schönen Abend noch bei einem Gläschen Wein ausklingen, so wie wir es geplant hatten. Ist das verkehrt?"

Erst nach diesen Worten bemerkte Petersen seinen Sohn Konrad, der mit dem Rücken zu ihm, im Sessel mit der hohen Rückenlehne saß.

„Hallo, Konrad, was tust du um diese Zeit in meinem Sessel?"

„Wer dich im Theater vertritt, darf auch in deinem Sessel sitzen. Komm, zieh dich aus und leiste uns Gesellschaft", antwortete sein Sohn großspurig. „Ja, ich war mit deiner Frau im Theater."

Petersen entschuldigte sich und erzählte von seinen Problemen. „Welch eine Ironie des Schicksals! Ihr habt euch im Theater eine »Hochzeitsnacht im Paradies« angesehen und ich?" Petersen machte eine Pause.

„Was ist mit dir. Was hat deine Arbeit mit unserem Theaterbesuch zu tun?", fragte seine Frau teilnahmsvoll.

„Ich wurde zu einer Pension gerufen. Dort hatte sich ein jungvermähltes Paar einquartiert, um die Flitterwochen zu verbringen."

„Und?", fragte der Sohn neugierig. „Dann hast du ja auch etwas vom Hauch einer »Hochzeitsnacht« abbekommen."

„Ja, nur dass es keine Operette war, sondern Mord!"

Es folgte eine bedrückende Stille.

Konrad, der sicherlich schon ein Glas Wein mehr getrunken hatte, als er vertrug, versuchte seinen Vater zu korrigieren: „Eine Operette hat doch nichts mit Mord zu tun!"

Petersen winkte ab. Er drehte sich um und ging ins Bett. Seine Frau folgte ihm, nachdem sie ihren Sohn zur Tür hinausgelassen hatte.

Als sie etwas später neben ihrem Mann im Bett lag begann sie traurig: „Siehst du, das ist es, was ich meine! Du kannst dir nie einen fröhlichen Tag machen. Immer nur hast du es mit Toten oder Verbrechern zu tun. Ich möchte auch mal schöne Tage, ach was, wenigstens schöne Stunden mit dir verleben."

„Meinst du, das wollten die beiden, die heute morgen durch einen Mord auseinander gerissen wurden, nicht? Irgendwer muss doch den Täter ermitteln." Dann folgte eine lange Pause.

„Nic, schläfst du schon?", fragte seine Frau leise.

„Nein, ich muss nachdenken!"

„Was bereitet dir in dieser Sache die größten Probleme?"

„Ich habe keine Ahnung, nicht den kleinsten Schimmer, wer der Täter sein könnte." Petersen erzählte seiner Frau von dem jungen Paar, welches auf ihrer Hochzeitsreise war. Manchmal, so meinte er, hat ein Außenstehender auch recht gute Ideen. Und so zählte er auf, wen er und Schuster alles verdächtigen würden. Vom Ehemann über andere Pensionsgäste bis zum Wirt selbst.

„Das ist ja eine ganz verfahrene Sache. So etwas habe ich nicht einmal in einem Krimi gelesen“, gestand sie kleinlaut. „Da werde ich dir keine Hilfe sein.“

„Was uns fehlt, ist das Motiv! Etwas, was uns zeigt, warum die Frau sterben musste. Etwas, was uns den Weg zum Täter weist.“

„Ist eine Vergewaltigung kein Motiv?“, fragte Petersens Ehefrau.

„Zugegeben, aber warum gerade diese Frau. Eine junge hübsche Frau, die erst vor ein paar Tagen geheiratet hatte?“

„Und wenn nun der Ehemann...?“

„In welchem Schmöker hast du denn so etwas gelesen? Lass es sein!“ Petersen bereute es schon, dass er seine Frau mit seinen Problemen behelligte. „Das ist unsere Arbeit. Wir werden dafür bezahlt.“ Damit drehte Petersen sich auf die Seite und schlief ein.

* * *

20. August

Schuldbewusst trat der Wirt der Pension »Waldesruh« am folgenden Morgen den Kriminalisten gegenüber.

Noch ehe einer von ihnen etwas sagen konnte, sprach der Wirt sie an. „Ich habe gestern nicht die Wahrheit gesagt. Deshalb sind Sie doch wiedergekommen?“

„Vielleicht?“, sagte Petersen so daher. Soll der Wirt erst einmal erzählen, was er über diese Nacht noch wusste.

„Ich hätte Ihnen gleich sagen sollen, dass ich nicht mehr

mit meiner Frau zusammen schlafe ..." König machte eine Pause, um abzuwarten, ob einer der Kriminalisten etwas dazu sagen würde.

Weil er aber keine Reaktion bemerkte, fuhr er unruhig fort: „Als sie mich eines Abends mit einer jungen Frau, die in unserer Pension ihren Urlaub verbrachte, in einer ...", Herr König suchte nach Worten, „...unmissverständlichen Situation beieinander sah, warf sie mich aus dem Schlafzimmer. Seit dem wollte sie nichts mehr mit mir zu tun haben." Herr König fügte aber sofort hinzu: „Das hat aber nichts mit der Leitung unserer Pension zu tun. So jedenfalls haben wir beide uns geeinigt."

„So, Herr König, Sie haben uns also belogen! Weshalb?"

„Wenn Sie das von der anderen Frau erfahren hätten, würde ich doch glatt auf Ihre Liste mit den Verdächtigten kommen!", antwortete er mit fast weinerlicher Stimme.

Petersen schmunzelte. Was wusste König schon von einer Liste? Nur das, was sich ein Amateurdetektiv so ausdachte? Aber - König wusste nicht, dass er bereits auf dieser Liste stand! „Was haben Sie uns also zu sagen?"

Der Wirt schwieg.

„Soll das etwa eine Art Eingeständnis sein?", fragte Petersen provozierend.

„Nein, nein!", rief König beschwörend. „Ich habe nichts mit dem Mord zu tun, auch wenn ich es Ihnen nicht beweisen kann."

„Gut, kommen wir noch einmal auf die bewusste Nacht zurück."

„Könnte ein Fremder am Abend der Geburtstagsfeier das Haus betreten haben?"

„Natürlich, davon leben wir. Die »Waldesruh« ist eine öffentliche Gaststätte."

„Aber damals war eine große Feier hier! Schließen Sie dann nicht das Lokal, wegen einer »geschlossenen Gesellschaft«? Wird in solchen Fällen nicht automatisch der Verkauf an die sogenannte Laufkundschaft eingestellt?"

„Nein", tat König entrüstet. „Die Gesellschaft feierte im hinteren Teil des Raumes, nicht im Schankraum."

„Kam jemand, der nicht zu dieser Gesellschaft gehörte? Er könnte sich doch dann in der weiteren Folge vielleicht im Hause »verlaufen« haben?"

Der Wirt überlegte, schüttelte dann aber den Kopf. „Es waren verschiedene Gäste da, die ich nicht kannte. Ich erinnere mich an ein Ehepaar, das hier kurz auf ein Bier eingekehrt war. Und noch an zwei drei Männer. Aber, diese könnten ebenso gut auch zur Geburtstagsfeier gehört haben.

Und was das »Verlaufen«, wie Sie es nannten, anbetrifft: Wenn so viele Leute hier feiern, reicht unsere Toilette hier unten im Erdgeschoss nicht aus. Da kommt es schon einmal vor, dass jemand ins Rosenbeet pinkelt oder für das »große Geschäft« die Toilette in der oberen Etage, die den Pensionsgästen vorbehalten ist, aufsucht." Er ließ die Hände auf den Tisch fallen. „Verbieten kann ich es niemanden! Wenn es dringend ist! Aber so etwas war mir nicht aufgefallen. Was nicht heißt, dass doch jemand ..."

Petersen wollte dann wissen, wie es gehandhabt wurde, wenn abends Gäste noch einmal hinaus gingen. Der Wirt erklärte den Kriminalisten, dass es ein Reserveschlüssel gäbe. Und überdies gäbe es auch eine Klingel.

„Und? Hatte jemand geklingelt?"

„Nein!"

„Herr Blauhaupt sagte uns, dass er die Pension abends, wegen des Lärms, noch einmal verlassen hatte und erst nach Eintritt der Ruhe wieder zurückkam. Hatte er den Reserveschlüssel?"

„Nein, auch nicht."

„Wie und wann kam er ins Haus zurück?"

Dazu war Herr König überfragt. Der Wirt hatte in dieser Nacht erst lange, nachdem der letzte Gast gegangen war, abgeschlossen. Er musste warten, bis der letzte Gast gegangen war. Da hatte er begonnen, den Raum wieder herzurichten. „Die Tische wieder zurecht rücken, die Stühle wieder ordentlich hinstellen. Na, Sie wissen ja sicher, was nach so einer Feier immer so für Arbeit auf einem zu kommt", schloss er.

Petersen wusste es nicht, aber er konnte es sich vorstellen.

„Gibt es eigentlich einen sogenannten ‚Geheimeingang'?", fragte Schuster.

„Nein!" Herr König schüttelte lachend den Kopf. „So etwas haben wir nicht."

„Und, wie merken Sie, wenn Gäste, die nur Übernachtung und Frühstück gebucht haben, zu spät ins Haus kommen? Diese sind doch zur Abendessenszeit sicher noch nicht alle wieder zurück", kam Schuster wieder auf das Problem zu sprechen.

„Solche waren in der letzten Woche nicht dabei. Aber auch die anderen Gäste gingen spät abends kaum noch aus dem Haus. Dazu war es ihnen hier zu einsam und zu dunkel."

Und mit einem breiten Grinsen fügte er hinzu: „Manche fanden es abends hier sogar gruselig."

„Und Ihnen? Ist es Ihnen nicht gruselig?"

„Nein!" König schüttelte leicht den Kopf. „Man gewöhnt sich im Laufe der Zeit daran. Ich bin hier groß geworden. Wir brauchen ja nicht einmal einen Hund. Und wenn der Gaststättenbetrieb zu Ende ist, wird alles Außenlicht gelöscht." Dann ergänzte er mit einem Schmunzeln: „Dann sieht man unsere Pension einfach nicht mehr."

„So, nun wollen wir mal wieder zum Kern der Sache kommen. Was war in der Nacht, in der Frau Schneider ermordet wurde, anders als in anderen Nächten. Ich denke, da müssen wir ansetzen!"

„Herr König begann zu überlegen. „Nichts! Es war alles so, wie es immer war", sagte er dann langsam und kratzte sich umständlich den Kopf. „Das ist alles sehr schwierig!"

„Warum?"

„Wegen der Geburtstagsfeier! Da quirlte ja alles nur so herum, Junge und Alte! Ich denke, da wird heute keiner mehr sagen können, wo er sich wann befunden hat."

„Das stimmt schon, aber wer kann uns sagen, wer überhaupt an dieser Feier teilgenommen hat?"

„Frank Brunner. Soll ich ihn anrufen und herbestellen?"

„Ich denke, das wäre nicht schlecht. Aber sagen Sie ihm, dass er eine Liste der Gäste mitbringen soll."

Der Wirt ging zum Telefon und es dauerte nicht lange, bis Frank Brunner den Kriminalisten in der Pension »Waldesruh« gegenübersaß.

„Haben Sie die Gästeliste mitgebracht?", fragte Petersen Herrn Brunner.

„Wissen Sie, es ist mir ein wenig peinlich, dass ich Ihnen die Namen meiner Geburtstagsgäste übergebe. Schließlich wollen Sie diese dann des Mordes verdächtigen."

„Sehen Sie es doch einmal andersherum. Wir überprüfen diese Personen, um im Ergebnis der Prüfung festzustellen, dass sie nicht des Mordes verdächtigt werden. Einverstanden?"

„Gut. Also das hier ist die Liste." Damit überreichte er

Petersen die Aufstellung, die er vor der Feier gefertigt hatte, damit die Gäste eingeladen werden konnten.

„Ich denke, die Frauen können wir erst einmal weglassen", stellte Petersen fest, und Herr Brunner stimmten dem nur zu gern zu.

„Demzufolge waren, Sie mit eingeschlossen, sieben Männer anwesend."

Herr Brunner nickte. Der Wirt fügte noch hinzu: „Und der Alleinunterhalter, aber dessen Anschrift haben Sie ja schon."

„Nun kommen wir zu den delikaten Fragen: Herr Brunner, waren Sie in dieser Nacht aus irgendwelchen dringenden oder weniger dringenden Gründen im Obergeschoss der Pension?"

„Nein!" Frank Brunner überlegte kurz, schüttelte leicht den Kopf.

„Haben Sie jemanden gesehen, der nach oben ging, oder vom Obergeschoss herabkam?"

Wieder schüttelte Frank den Kopf. „Nein!"

„Gut, die anderen Personen werden wir dann selbst befragen."

Petersen ließ sich auf diese Liste noch die Adressen und das Alter schreiben. Dann dankte er Herrn Brunner für seine Bereitschaft und für sein Verständnis."

* * *

Kapitel 14

Oberkommissar Petersen hielt mit seinem Fahrzeug vor dem kleinen Einfamilienhaus. Nachdem Kommissar Schuster und er ausgestiegen waren, meldete ein schwarzer Spitz den Hausbewohnern an, dass sich jemand ihrem Grundstück näherte. Aber nichts deutete daraufhin, dass im Hause jemand von dem Gekläffe Notiz nahm. Schuster klingelte. Immer noch keine Bewegung im Hause. „Warum meldet sich denn niemand?“ Schuster wollte es nicht glauben, dass sie die ganze Strecke umsonst gefahren sein sollten. Er legte erneut seinen Finger auf den Klingelknopf und ließ nicht locker, bis zaghaft ein blondgelockter Kopf um die Ecke sah.

„Was wollen sie denn?“, fragte der Lockenkopf.

„Uns mit Ihnen ein wenig unterhalten“, gab Petersen zur Antwort.

„Keine Lust auf Unterhaltung“, rief der Lockenkopf und verschwand wieder.

„Hast du das gesehen?“, schimpfte Schuster. „Die Leute sind da und wollen uns nicht reinlassen!“ Wieder legte er den Finger auf den Klingelknopf. Durch das Klingeln im Hause gebärdete sich der Spitz wie wild. Wieder und wieder sprang er bellend an der Gartenpforte empor. Der Lockenkopf erschien ein zweites Mal hinter der Hausecke.

Aber noch ehe er wieder seine Abneigung zu einer Unterhaltung kundtun konnte, rief Schuster: „Kriminalpolizei! Kommen sie schon! Machen Sie auf! Vor allem nehmen Sie bitte den Hund weg, sonst zerreißt er mir noch die Hose. Wir haben nur ein paar Fragen.“

Langsam kam eine Frau, die etwa Mitte vierzig war und den Kopf voller blonder Locken hatte, zur Gartentür. Mit ein paar harten Befehlen zwang sie den Spitz zur Ruhe. „Wissen Sie“, sagte sie entschuldigend, „ich hatte Nachtschicht und schlafe jetzt. Außer mir ist niemand zu Hause.“

„Ist Bernd Grünlich zu Hause?“, Schuster wusste, dass diese Frage voll daneben war, aber ihm fiel in diesem Moment nichts Besseres ein.

Petersen registrierte das Kopfschütteln der Frau und fragte weiter: „Wohnt er hier?“

„Ja, das ist mein Sohn. Er wohnt noch bei mir, aber er ist nicht da. Er arbeitet noch. Was möchten Sie von ihm?“ Sie überlegte einen kleinen Augenblick und fragte: „Sie sind von der Kriminalpolizei? Hat mein Bernd etwas ausgefressen?“

„Ich hoffe nicht“, antwortete Petersen mit einem leichten Lächeln, welches der Frau Vertrauen einflößte.

„Der Junge ist noch auf der Arbeit. Er ist bei einer Straßenbaufirma. Zur Zeit baut die Firma die Dorfstraße im Nachbarort. Dann zeigte sie mit der Hand die Richtung, in der sich der Ort befindet.

„Finden wir ihn dort wirklich?“

„Klar doch! Wo soll er denn sonst sein. Aber, wenn Sie warten wollen! In einer reichlichen Stunde müsste er hier sein. Er wollte aber gleich wieder weg.“

„Was hat er denn vor?“

„Er geht Musik machen. So bei Veranstaltungen. Das macht er ziemlich oft“, begann die Frau von ihrem Sohn zu schwärmen.

Schuster nickte zustimmend. Petersen überlegte. „Nein, wir machen das anders“, legte er fest. Er schrieb eine Uhrzeit auf seine Karte und reichte sie der Frau. Dabei bat er sie, ihren

Sohn für den nächsten Tag ins Polizeipräsidium nach Halle zu schicken.

Sie stiegen ein und fuhren ab. Der Lockenkopf sah ihnen noch hinterher, bis sie um die nächste Kurve verschwunden waren.

* * *

Kapitel 15

„Übrigens", unterbrach Schuster den Oberkommissar am Vormittag bei seinen Ausführungen über die bevorstehenden Aufgaben. „Dort auf deinem Schreibtisch liegt ein Zettel betreffs der Obduktion."

Petersen überflog ihn und sah auf seine Uhr. „Mensch, das sagst du mir jetzt erst! Ich muss gleich hinfahren!" Petersen betrat den Obduktionssaal der Rechtsmedizin. Oberarzt Doktor Kreiser, ein großer untersetzter Mann, dessen Alter sich schwer schätzen ließ, war gerade dabei, sich das Mikrophon für die beschreibenden Angaben der durchzuführenden Arbeit zurecht zu rücken.

Mit einem Seitenblick über seine randlose Brille kommentierte er Petersens Erscheinen mit dem Satz: „Wie üblich, keine Sekunde zu früh, aber auch keine zu spät!" Dann begann er mit der gerichtlichen Leichenschau.

Bevor er den Körper der Toten öffnete, sprach er jene Angaben ins Mikrophon, die Petersen hinlänglich bekannt waren: „Vor mir liegt die Leiche einer weiblichen Person. Die Frau war ungefähr zwanzig bis zweiundzwanzig Jahre alt. Sie hatte blondes kurzes glattes Haar. Ihr Allgemeinzustand ..."

Petersen kannte das zur Genüge und wartete in einer Ecke auf das, was ihn am meisten interessierte: Die Todesursache! Schließlich war es dann soweit.

Der Arzt hatte die Obduktion beendet.

„Können Sie die Todesursache und die Todeszeit sagen?"

„Am Hals befinden sich Würgemale, die nach Ausprägung und Lage der Spuren vermutlich von einer kräftigen Person hervorgerufen wurden. Das ist auch die Todesursache. Also Tod durch Erwürgen! Der Tod trat gegen 02.30 Uhr ein."

„Noch eine Frage: Gibt es Spuren, die auf eine Gegenwehr hindeuten?"

„Ja! Gut, dass Sie danach fragen! Unter den Fingernägeln wurden kleinste Partikeln von Haut festgestellt, die nicht der Getöteten gehören. Sie muss den Täter offensichtlich gekratzt haben! Reicht Ihnen das?"

„Nicht ganz, Herr Oberarzt. So, wie die Frau aufgefunden wurde, ist anzunehmen, dass sie vergewaltigt wurde. Können Sie das bestätigen?"

Nach einem kleinen Augenblick antwortete Doktor Kreiser: „Jein!"

„Was heißt das denn nun wieder? Ja oder nein?"

„Wollen Sie es genau wissen?" Doktor Kreise verließ mit Petersen den Sektionsraum. „Ja, es fand Geschlechtsverkehr statt! Aber - die Frau war zu diesem Zeitpunkt bereits tot! Und Sie wissen doch, dass bei einer Vergewaltigung eine lebende Frau das Opfer sein muss und nicht eine Leiche! Das Gesetz sagt eindeutig: »Wer eine Frau mit Gewalt...« und so weiter. Es liegt also eine vorsätzliche brutale Tötung vor. Es bleibt Ihrer Vernehmungskunst überlassen, festzustellen, ob der Täter die Frau tötete, um ihren Widerstand gegen einen

Geschlechtsverkehr zu brechen, oder, ob der Täter sie nur des Tötens wegen umbrachte und danach erst, weil sie sich nicht wehren konnte ...!" Der Arzt klopfte Petersen auf die Schultern. „Sie werden es schon herausfinden! Den Obduktionsbericht erhalten Sie, sobald er geschrieben ist."

Gedankenvoll ging Petersen zurück zur Dienststelle.

* * *

‚Was möcht' in dem Täter vorgegangen sein?', überlegte er. Der Oberkommissar entschied sich vorrangig für die erste der beiden Versionen. Als er sie Schuster vortrug, wollte dieser wissen, warum Petersen sich für diesen Weg entschied.

Petersen antwortete listig mit einem leichten Grinsen: „Weißt du, weil es die einfacherer Version ist. Wenn ich mich für die zweite Möglichkeit entscheiden würde, müssten wir in Betracht ziehen, dass der Täter diese Frau gekannt haben muss. Er müsste ihr also gefolgt und nach gefahren sein, um sie hier, in dieser Pension zu töten!"

„Du meinst, wenn der Täter diese Frau getötet hat, um des Tötens willen," stellte Schuster fest, „dann wäre es ihm egal, wen er zwischen die Hände bekam. Dann können wir den Täter überall suchen. Dann ist es eine Person, die rein zufällig hier mal reingesehen hat."

„So ganz dürfen wir diese Version nicht aus dem Auge verlieren. Aber bleiben wir erst einmal bei der ersten Version!"

„Und die wäre?", wollte Schuster wissen.

„Die Frau lief nachts über den Korridor zur Toilette und begegnete jemanden oder wurde aufgelauert! Und zwar von jemanden, der sich hier in dieser Pension aufhielt."

„Also ein Pensionsgast?"

Petersen zuckte mit den Schultern. „Möglicherweise“, sagte er dann zögernd.

„Aber, warum sollte das einer der Gäste tun? Würde nicht der erste Verdacht sofort auf ihn fallen?“, fragte Schuster.

„Also gut! Du meinst kein Pensionsgast! Das hieße doch, dass wir Blauhaupt auch wieder aus dem Kreis der Verdächtigten herausnehmen müssten“, überlegte Petersen laut.

„Dann bleibt ja nur noch der Alleinunterhalter und der Wirt, der nach Angaben seiner Frau und ihm selbst mindestens schon einmal in der eigenen Pension fremd ging.“

„Oder einer der Geburtstagsgäste! Einer, der leicht angeheitert, die schöne Blondine in ihrem dünnen Nachtgewand daherkommen sah!“, ergänzte Schuster.

„Aber der Wirt wird es auch nicht gewesen sein“, warf Petersen so dahin.

„Wieso nicht? Sagtest du nicht selbst, dass ...“

„Ich glaube nicht, dass er raucht! Hast du den Wirt auch nur eine Zigarette rauchen sehen?“

Schuster schüttelte den Kopf. „Nein! Nicht einmal, als du ihm nach seinem Alibi fragtest. Und - da war er eigentlich aufgeregt genug.“

„Siehst du, und da müssen wir anfangen. Die Blutgruppe! Der genetische Abdruck! Die Spermaspuren und die Spuren an den Zigarettenkippen, die der Täter auf den Fußboden des Dachbodens fallen ließ! Wir müssen die Raucher bei den Gästen der Geburtstagsfeier herauskristallisieren und mit der Blutgruppe, die uns hoffentlich bald vorliegt, vergleichen. Und wenn es klappt, kommen wir auf diese Weise zum Täter“, fasste Petersen zusammen.

„Und vergiss nicht! Die Getötete hatte Hautreste unter den Fingernägeln! Demzufolge musste der Täter gekratzt worden sein“, gab Schuster zu bedenken. „Das heißt: Wir müssen uns alle Verdächtigten nochmals ansehen!“

„Und was tun wir, wenn wir bei Schneider diese Kratzspuren feststellen?“

* * *

Petersen entschied, dass sie ihr provisorisches Domizil in der Pension »Waldesruh« aufgeben sollten. Die Ermittlungen würden sie dann von ihrer Nebenstelle in Meuselroda aus weiterführen. So begab er sich mit Kommissar Schuster ein letztes Mal auf den Boden. Es war schon spät. Nichts deutete darauf hin, was sich in der letzten Nacht dort zugetragen hatte. Alles war aufgeräumt, wie vorher. Lediglich die Plane, unter der Frau Schneider gefunden wurde, lag nicht mehr da. Diese hatte der Kriminaltechniker zur Spurensuche mitgenommen. Die Stille war bedrückend. In Gedanken sah Petersen Frau Schneider an der mit Kreide markierten Stelle liegen.

Plötzlich wurde die Stille durch ein Poltern unterbrochen. Blitzschnell drehte Petersen sich in die Richtung, aus der dieser Lärm kam. Es war nichts Beunruhigendes zu sehen. Dann aber sah er Kommissar Schuster an und erschrak.

Dieser hielt seine Dienstwaffe schussbereit in der Hand. Petersen legte seine Hand auf dessen Arm und drückte ihn sanft nach unten. „Wer wird denn gleich schießen wollen?“, fragte er vorwurfsvoll. „Das habe ich in all den Jahren nicht gebraucht!“

Schuster steckte die Waffe kopfschüttelnd in seinen Halfter zurück. „Jeder Täter kommt früher oder später zum Tatort zurück!“, flüsterte er leise.

„Was soll das? Von Schneiders Unschuld bin ich fast überzeugt. Blauhaupt ist gerade weggefahren. Selbst wenn der Wirt hier auf dem Boden wäre, würde es nichts bedeuten! Denn er darf ja jede Stelle seines Grundstückes betreten, ohne Verdacht zu erregen. Und Krumbholz ...?“

Während Petersen Schuster diesen kurzen Vortrag hielt, kam der Kater auf sie zu. Offensichtlich war er der Verursacher des Polterns. Vielleicht war er während seines Spazierganges an ein Ofenrohr gekommen, und es ist heruntergepoltert. Nun hatte er mehr Angst, als Kommissar Schuster. Es war der Kater, den Annegret Schneider »Pirat« genannt hatte. Petersen nannte ihn wegen des Augenfleckes kurzentschlossen »Nelson«. Der Kater kam auf ihn zu und schlich schnurrend und schmusend um seine Hosenbeine. Petersen bückte sich, um ihn zu streicheln. „Na du! Bist du Nelson? Was kannst du uns zu dem Mord sagen? Warst du in dieser Nacht auch hier auf dem Boden? Hast du den Mörder gesehen?“

„Ja, Petersen“, antwortete statt des Katers Kommissar Schuster: „Wenn er nur reden könnte! Vielleicht könnte er dir sagen, wer der Täter war. Du siehst, dass du noch einen Lehrgang belegen musst, um die Katzensprache zu erlernen. Das wäre die Sensation! »Oberkommissar Petersen kann sich mit Katzen unterhalten« oder so.“ Schuster lachte über seinen Spaß.

„So schlecht wäre das aber nicht! Vielleicht hatte er wirklich den Mörder gesehen?“ Petersen schmunzelte. Immer und immer wieder strich ihm der Kater an den Hosenbeinen entlang. „Man merkt eben, wer Tiere gern hat“, stellte Schuster fest. „Zu mir kommt er nicht.“

„Du streichelst ihn ja auch nicht“, erwiderte Petersen. „Das stimmt, eine Katze weiß genau, wer es gut mit ihr meint."

Petersen unterbrach diese Prozedur. „Komm Schuster, wir brechen unsere Arbeit ab. Hier können wir jetzt sowieso nichts mehr unternehmen!"

* * *

Kapitel 16

21. August

Trotz allem mussten Petersen und Schuster am nächsten Morgen von Halle aus nach Meuselroda in die Pension »Waldesruh« fahren, um nochmals mit dem Wirt zu reden. Unwillig dankte Herr König auf Petersens Gruß. „Besuchen Sie uns schon wieder? Sind wir denn nicht genug gestraft? Müssen Sie uns nun jeden Tag mit Ihrer Anwesenheit ‚beehren'?" Er sah sich um, als wollte er sich vergewissern, dass ihn niemand hört. „Das Ehepaar Krumbholz ist schon abgereist", flüsterte er dann gereizt.

Petersen quittierte diese Begrüßung mit einem Lächeln. Wusste er doch aus der Befragung des alten Ehepaars, dass diese ohnehin an diesem Tage wieder abreisen wollten.

„Ich komme einfach nicht weiter", redete Petersen auf König ein. „Irgendwer muss es doch getan haben?"

„Nehmen Sie mich doch mit, wenn Sie denken, dass ich es war. Sie denken es doch! Weil ich schon einmal ein Verhältnis mit einer Frau hatte, die hier Urlaub machte! Sagen Sie es ruhig. Ich kann mich sowieso nicht dagegen wehren."

„Ich fragte Sie schon einmal: Haben Sie etwas mit dem

Mord zu tun?“ Petersen blieb betont ruhig.

„Und schon damals sagte ich ihnen: Nein!“, antwortete König aufgeregt.

„Weshalb regen Sie sich dann jetzt so auf?“, wollte Petersen wissen.

„Mensch, man wird ja langsam verrückt“, platzte der Wirt plötzlich aus sich heraus. „Immer verdächtigt zu werden, ein Mörder zu sein! Würden Sie mit einem solchen Verdacht leben können“, antwortete König und schüttelte gedankenverloren den Kopf.

„Tja“, Petersen sog langsam die würzige Luft ein. „Sie, oder einer der Pensionsgäste oder einer der dreizehn Geburtstagsgäste, oder gar der Alleinunterhalter. Irgendwer muss es doch gewesen sein! Wobei ich sagen ...“

„Sagten Sie dreizehn Geburtstagsgäste?“, fragte der Wirt plötzlich. „Wenn Sie uns schon alle verdächtigen, dann aber bitte wirklich alle!“

„Sie sprechen in Rätseln, Herr König.“

„Es waren vierzehn.“

„Was, vierzehn?“

„Vierzehn Geburtstagsgäste!“

„Vierzehn? Auf der Liste standen aber nur dreizehn Personen.“

„Dann stimmt die Liste nicht.“ Der Wirt forderte Petersen auf, ihn in den noch leeren Schankraum zu folgen. „Wissen Sie, Frau Brunner ist krankhaft abergläubisch“, sagte Herr König, nachdem sie sich gesetzt hatten. „Deshalb bin ich sicher, dass es nicht dreizehn Gäste, sondern vierzehn gewesen sein müssen.“

Petersen zog die Liste, die er von Herrn Brunner bekommen hatte, aus der Jacke hervor und reichte sie dem Wirt.

„Da sehen Sie, es stehen dreizehn Namen drauf! Wer sollte auf dieser Liste fehlen?"

„Warten Sie mal." Herr König las sich die Liste aufmerksam durch. Halblaut nannte er die Namen, und einige kommentierte er mit: „Kenne ich nicht!" Und wie zur Entschuldigung sagte er zu Oberkommissar Petersen: „Das müssen seine Verwandten sein, die von außerhalb hier waren." Dann überlegte er einen Augenblick. Er blickte in den hinteren Teil des Raumes, in dem die Feier stattfand.

Die ‚Ziehharmonika', die beide Teile des Raumes trennt, war weit geöffnet. So wirkte das Ganze, wie ein einziger großer Raum.

Mit dem Finger zeigte er auf eine imaginäre Tafel, geradeso als würde er die Gäste zählen. Plötzlich durchfuhr es ihn. „Stimmt! Ich habe Recht! Es waren vierzehn!" Er sah erneut auf die Liste und las sich die Namen noch einmal durch. Danach sah er Petersen befriedigt an. „Sepp Steinbauer fehlt, Herr Oberkommissar!" Der Wirt atmete tief durch. Er war sichtlich erleichtert.

„Was heißt fehlt?", wollte Petersen nun wissen.

„Ganz einfach! Sepp Steinbauer fehlt auf der Liste. Ja, ich entsinne mich, dass Frank Brunner noch Herrn Blauhaupt als vierzehnten Gast einladen wollte. Er sprach mich diesbezüglich an, aber offensichtlich ließ er es dann doch sein. Und - als sie schließlich alle an der Tafel saßen, entdeckte ich Sepp Steinbauer unter den Geburtstagsgästen. Das ist an sich nichts Besonderes. Nur, - er fehlt hier auf der Liste. Er muss es gewesen sein, den Brunner noch nachträglich eingeladen hatte, um nicht zu dreizehnt an der Tafel zu sitzen." Herr König sah Petersen strahlend an und wartete auf dessen Reaktion.

Der Oberkommissar hatte den Kopf auf eine Hand aufgestützt und den Worten des Wirtes gelauscht. „Dann gibt es also noch eine Person, die zu überprüfen wäre. Das meinen Sie doch?"

„Ja!"

Herr König nickte aufatmend, als wäre er frei von allen Verdächtigungen, und Sepp Steinbauer bereits als Täter überführt. „Dabei möchte ich nichts gegen den Steinbauer sagen. Ich kenne ihn ja kaum. Natürlich weiß ich, wer er ist. Er ist einer aus dem Dorf. Aber - er war lange weg, und niemand weiß so recht, was er in der Zwischenzeit so getan hat."

„Wollen Sie damit sagen, dass er den Mord durchgeführt haben könnte?"

„Sagen nicht, aber andeuten. Nur ein klein wenig andeuten."

„Herr König, wieso führen Sie jetzt erst seinen Namen an? Hat sich der Sepp Steinbauer an jenem Abend oder in der darauffolgenden Nacht irgendwie auffällig verhalten?"

„Nicht das ich wüsste", beteuerte Herr König mit einem Achselzucken. „Es ist ja nicht meine Aufgabe als Wirt, die Gäste ständig unter Kontrolle zu halten. Ich habe ihn halt an der Tafel sitzen sehen. Das ist alles. Erst jetzt, da Sie sagten, dass es dreizehn Gäste gewesen sein sollten, fiel es mir wieder ein. Ich dachte vorher ja, dass der Sepp bereits auf der Liste stand und von Ihnen schon überprüft worden ist."

Petersen erhob sich, um zu gehen. „Eine Frage noch: Rauchen Sie?"

König winkte den Kriminalisten zu sich heran und flüsterte: „Nur hin und wieder mal - eine. Aber meine Frau darf es nicht wissen."

„Welche Sorte?"

Schuster schrieb sich die Zigarettensorte auf, die König ihm nannte. Er würde sie mit den aufgefundenen Zigarettenresten vergleichen.

„Und deshalb gehen Sie zum Rauchen auf den Boden!“, sagte Petersen dem Wirt seine Vermutung auf den Kopf zu.

„Ich rauche doch nicht auf dem Boden!“

Petersen ließ ihn stehen und ging. Schuster folgte ihm auf dem Fuße.

„Wirklich! Ich habe nicht auf dem Boden geraucht“, rief er den Kriminalisten nochmals nach.

* * *

Petersen beschloss, Sepp Steinbauer unter die Lupe zu nehmen. Seine Wohnung läge ohnehin an ihrem Weg. Sie fuhren den unbefestigten Weg durch die Wiese zum Wald. Unwillkürlich schaltete auch Petersen das Licht ein. So dunkel war es im Wald geworden. Es war ein recht ordentliches Stück Weges bis zum Dorf. „Wenn man da mal in der »Waldesruh« so richtig einen »geladen hat« und zu Fuß nach Hause müsste, na danke“, sinnierte Schuster laut. „Da vergeht einem ja das Trinken.“

In Meuselroda angekommen, suchten sie Steinbauers Grundstück. Das Hoftor stand einladend offen. Der Hof machte einen heruntergekommenen Eindruck.

„Weißt du“, erklärte Petersen seinem um viele Jahre jüngeren Kollegen. „Als ich noch jung war, konnte man an der Größe und dem Aussehen des Misthaufens erkennen, wer seinen Hof in Schuss hatte: Ein exakt aufgestapelter Misthaufen deutete immer darauf hin, dass der Bauer seinem Hof auch in anderen Belangen in Ordnung hielt. Was denkst du dir, wenn du das hier siehst?" Damit deutete Petersen auf eine Ecke, in der neben Mist auch andere Abfälle, wie Papierreste, leere Büchsen und Plastebeutel lagen. „Nicht viel los hier, denke ich", antwortete Schuster.

„Das denke ich auch." So betraten sie das Grundstück.

„Hallo!", rief Petersen. Nichts rührte sich. Noch einmal: „Hallo! Ist hier jemand zu Hause?" Eine mittelgroße alte Frau kam mit einem Eimer aus einem Stall. Sie trug ihre grauen Haare in einem Kopftuch eingebunden. Die Füße steckten in viel zu großen Gummistiefeln. Erschrocken sah sie die beiden Männer an. Offensichtlich hatte sie auch den zweiten Ruf nicht gehört.

„Was möchten Sie?", fragte sie die Kriminalisten misstrauisch.

„Wir suchen Joseph Steinbauer."

„Und warum?" Immer wieder bekam Petersen auf die Fragen nach einer bestimmten Person die gleiche Gegenfrage. Sollte er jedem gleich erzählen, was er vermutete? Inzwischen sprach die vollschlanke Frau weiter: „Ich bin seine Mutter. Sepp, also Joseph ist nicht zu Hause."

„Wann kommt er wieder?"

„Das weiß ich doch nicht!", stieß sie empört hervor. „Der Junge ist fünfzig Jahre! Der erzählt mir nicht mehr alles!" Dabei schüttelte sie ihren Kopf. „Er ist gestern Abend weggefahren. Das ist alles, was ich weiß! Mehr kann ich Ihnen nicht sagen."

„Könnten wir uns mal ein wenig unterhalten?", bat Petersen daraufhin die beschäftigte Frau. Diese stellte den Eimer ab und forderte die Gäste auf, ihr ins Haus zu folgen. Es war eine unordentliche Wohnung, in die sie die beiden Männer führte. Sie bot ihnen Platz an. Dann zündete sie sich eine Zigarette an und setzte sich ihnen gegenüber.

„Also, was möchten Sie von meinem Sohn?“, fragte sie.

„Uns mit ihm unterhalten. Wo war er am achtzehnten dieses Monats?“

„Am achtzehnten?“, fragte Frau Steinbauer zurück, und Petersen nickte ihr zu. „War da nicht die Geburtstagsfeier dieses Frank Brunner?“, fragte sie, statt eine Antwort zu geben.

„Ja.“

„Da war er in der »Waldesruh«, eben bei dieser Feier.“

„Und wann kam er nach Hause?“

„Das weiß ich doch nicht! In der Nacht? Oder morgens?“, riet sie mehr, als konkret zu antworten. Sie wollte nicht so recht mit der Wahrheit heraus. Erst musste sie wissen, was die Kriminalisten von ihrem Sohn wollten.

„Wissen Sie es, oder nicht“, herrschte Schuster sie an. „Wollen Sie es von uns wissen? Wenn wir es wüssten, bräuchten wir Sie nicht danach zu fragen.“

„Ich weiß es nicht“, antwortete sie dann. „Er verschlief den ganzen Tag, und als ich ihn abends um sechs weckte, sprang er aus dem Bett, zog sich an und verließ das Haus wieder.“

„Und? Wo wollte er hingehen?“

„Er sprach etwas vom Nachtzug, den er noch erreichen müsste. Seitdem ist er nicht wieder zurückgekehrt. Hat er etwas angestellt?“

„Das wissen wir noch nicht. Hilft er denn nicht mit auf dem Hof?“, lenkte Petersen das Gespräch in eine andere Richtung.

„Ach!“ Frau Steinbauer winkte ab. „Vor reichlich zwölf Jahren ist mein Mann tödlich verunglückt. Ja, bei ihm hatte der Junge noch gefolgt. Da musste er noch hart mit zupacken. Aber jetzt, wo ich allein bin, habe ich keine Macht mehr über ihn. Er macht, was er will. Er geht weg, wohin er will und er kommt wieder, wann es ihm passt. Er denkt ja gar nicht daran, mir auf dem Hof zu helfen." Verzweiflung sprach aus den Worten der Siebzigjährigen.

„Wo war Joseph, als er so lange weg war?"

„Ich weiß es nicht genau! Sie werden es mir nicht glauben", sagte die Frau verbittert. „Er schrieb mir mal aus Brandenburg, dass er dort verheiratet sei und nun keine Zeit mehr für mich habe. Denken Sie mal! Verheiratet! Und er hat mir vorher nichts angekündigt. Besuchen konnte ich ihn nicht. Wer sollte sich hier um das Vieh kümmern. Aber als ich trotzdem mal nachfragte, ob ich ihn mal besuchen dürfte, schrieb er mir zurück, dass er sehr beengt wohnen würde und mich nicht aufnehmen könne."

Langsam, in Gedanken versunken, schüttelte sie den Kopf. „Ich kenne meinen Sohn nicht mehr. Ich weiß nicht, was er gemacht hat. Auch nicht, was er jetzt gerade tut. Nicht einmal, wo er hingefahren ist."

„Können wir uns mal sein Zimmer ansehen?", fragte Petersen.

„Bitte, wenn Sie sich etwas davon erhoffen?" Frau Steinbauer erhob sich, ging durch den Korridor und öffnete eine Tür.

„Da, das ist sein Zimmer!"

Modriger Geruch kam aus dem Zimmer. Es war seit Wochen nicht mehr gelüftet worden. Das Bett befand sich noch immer so, wie es Sepp vor Tagen verlassen hatte. Josephs Bekleidungsstücke, die er nach der Feier ausgezogen hatte, lagen irgendwo im Zimmer herum. Während Frau Steinbauer in der Zimmertür stehen blieb, ging Petersen zum Nachtschränkchen und öffnete das Schubfach. Dann wühlte er zwischen dem Krimskrams, der sich darin befand, herum.

Ein Zettel fand seine Aufmerksamkeit. Er nahm ihn heraus. Schon beim ersten Anblick erkannte er dieses Schreiben.

„Sagen Sie, haben Sie nie hier aufgeräumt? Oder mal nachgeschaut, was er hier so hat?“, fragte er Frau Steinbauer.

„Nein“, antwortete sie. „Schimpfen Sie nicht mit mir alten Frau, weil das Zimmer meines Sohnes so aussieht. Das ist sein Zimmer und das hat er gefälligst sauber zu halten!“ Ihr Ton wurde trotzig.

„Das hätten Sie aber ab und zu doch mal tun sollen, dann wüssten Sie, weshalb Ihr Sohn so beengt lebte, und Sie ihn nicht besuchen konnten. In einer Zelle ist es nun mal nicht sehr geräumig!“

Verständnislos sah Frau Steinbauer den Kriminalisten an. „Wie... soll ich das ... verstehen?“

„Das ist ein Entlassungsschein der Haftanstalt Brandenburg.“ Damit zeigte Petersen ihr den gefundenen Zettel. „Wenigstens der Poststempel auf den Briefen, die er Ihnen schrieb, stimmte.“ Petersen machte eine Pause, in der Frau Steinbauer sich etwas zum Setzen suchte. „Und Sie wussten wirklich nichts davon?“

Frau Steinbauer, die abgearbeitete Frau, weinte still in sich hinein. „Mein Sohn ist ein Verbrecher!“, sagte sie leise.

* * *

„Ob Sepp der von uns gesuchte Mörder ist, wissen wir noch immer nicht“, warf Schuster das Thema noch einmal auf, nachdem sie wieder in ihrem Büro waren.

„Nein“, antwortete Petersen, „denn Blauhaupt ist ja auch verschwunden, nachdem er merkte, dass wir mehr aus seiner

Vergangenheit wussten, als ihm lieb war und Schneider ist auch einfach weggefahren."

„Ja, und der Wirt hatte bereits eine Liaison mit einer Frau, die ebenfalls, wie Frau Schneider in der »Waldesruh« einlogiert war."

„Ich denke, dass wir uns endlich etwas einfallen lassen müssen, um dem Täter auf die Spur zu kommen", sagte Oberkommissar Petersen.

„Mir kommt gerade ein Gedanke", warf Schuster ein. „Was wäre, wenn einer der Mörder ist, die Frau einfach liegen ließ und ein anderer Mann, welcher der Frau ebenfalls nachstellte, die Frau auffand und sie so nahm, wie sie war?"

„Brr! Was für ein Gedanke!" Petersen wollte es nicht glauben. „Dann muss es ja gleich zwei Täter geben! Wir haben nicht einmal einen Verdächtigen! Und warum sollte der erste sie nur umgebracht haben?"

„Ich könnte mir vorstellen, dass jemand sie vergewaltigen wollte. Die Frau begann, sich zu wehren, und daraufhin würgte er sie, bis sie tot zu Boden fiel. Erschrocken verließ er daraufhin den Tatort. Dann erst trat der zweite Täter auf den Plan. Kannst du mir folgen?" Schuster hatte sich geradezu in diese Version verrannt.

„Schwer, sehr schwer! Bedenke, es waren nicht allzu viel Leute hier! Eine tote Frau nehmen! Obwohl alles möglich wäre. Aber ich denke, wir sollten erst einmal dabei bleiben, dass der Täter, der Frau Schneider erwürgte, auch den Verkehr mit ihr durchgeführt hat. Vielleicht war es ihm zu diesem Zeitpunkt in seiner Erregung noch gar nicht aufgefallen, dass Frau Schneider bereits tot war. Kannst du mir folgen?", fragte Petersen nun seinerseits.

„Möglicherweise ist es auch so geschehen", lenkte Schuster

ein. Wenn Petersen schon nicht seine Version akzeptieren wollte, blieb ihm nicht viel anderes übrig, als zustimmend zu nicken.

„Also gehen wir erst einmal davon aus, dass es nur einen Täter gibt“, legte Petersen fest. „Schon diesen einen Täter zu finden, ist schwer genug, denke ich“, beendete Petersen die Diskussion über die Anzahl der möglichen Täter. Er beauftragte Schuster, zu klären, weshalb Steinbauer in Brandenburg einsaß. Dann würden sie diesem Blauhaupt hinterherfahren. „Der wird sich sicherlich zu Hause aufhalten“, war sich Oberkommissar Petersen sicher. „Wir müssen ihn zu diesen genetischen Spuren überprüfen!“

Er sah auf die Uhr. „Was meinst du? Kommt er, oder kommt er nicht?“

„Wer?“

„Grünlich, der Alleinunterhalter“, gab Petersen zu verstehen.

„Er kommt bestimmt! Denn wenn er nicht kommt, macht er sich verdächtig!“

„Und wenn er kommt?“ Petersen hatte an solchen Wortspielereinen seinen Spaß.

„Wenn er sich so sicher ist und hier herkommt, wird er es bestimmt nicht gewesen sein. Oder er ist arg abgebrüht!“

„Du kennst doch das Gleichnis von der Schlange und dem Kaninchen.“

Schuster überlegte. „Bin ich dabei nun die Schlange oder das Kaninchen?“

„Überleg mal. Die Schlange hat das Kaninchen im Visier. Das Kaninchen weiß, dass es in Gefahr ist, und trotzdem ist es nicht in der Lage, sich diesem Bann zu entziehen!“

„Du kannst Vergleiche anstellen!“

Bernd Grünlich erschien pünktlich.

Kommissar Schuster sah Petersen fragend an, weil er aus dem Verhalten des Alleinunterhalters keine Schlüsse auf eine Täterschaft ziehen konnte. Die Befragung ergab nichts, womit der Verdacht untermauert werden konnte.

„Sie stehen uns hoffentlich zu einem Test zur Verfügung. Schließlich könnten wir so definitiv sie als Täter ausschließen."

„Aber," Bernd Grünlich war empört, „ich habe doch nichts getan!"

„Eben! Dann brauchen Sie auch keine Angst zu haben", versuchte Petersen ihn zu beruhigen.

„Und? Wenn die Testergebnisse verwechselt werden? Dann haben Sie mich am Kragen, und ich kann Ihnen nicht beweisen, dass ich unschuldig bin!" Petersen schob den jungen Mann, der sich inzwischen von seinem Platz erhoben hatte sanft in Richtung Tür, wo Schuster bereits, die Fahrzeugschlüssel in der Hand, auf ihn wartete.

* * *

Kapitel 17

„Wohin soll die Reise gehen?", wollte Schuster wissen, als ihm Petersen erneut die Fahrzeugschlüssel zuwarf.

„Wir werden heute dem Herrn Blauhaupt einen Besuch abstatten", erklärte er Schuster. Der Tag war noch angenehm warm. Die Sonne stach nicht so aufdringlich, wie an den Vortagen. Die ersten Häuser kamen in Sicht. Kommissar Schuster nahm das Gas weg und fuhr langsamer. Petersen, der neben Schuster saß, hing seinen Gedanken nach.

„Was meinst du?“, riss Schuster ihn aus seinen Gedanken. „Werden wir Blauhaupt zu Hause antreffen?“

„Ich hoffe es! Wir konnten ihm ja nicht vorher noch eine Ansichtskarte schicken. Das soll eine Überraschung werden“, lächelte Petersen.

„Und? Wird er sich darüber freuen?“

„Das ist mir egal.“

Vor dem Hochhaus, in dem Blauhaupt wohnte, rangierte Schuster das Fahrzeug in eine Parklücke. „So, jetzt sind wir da.“

Petersen suchte Blauhaupts Namensschild am Klingelbrett. Mit dem Aufzug fuhren die beiden Kriminalisten in die 8. Etage. Dort studierten sie die Wohnungsschilder.

„Ich komme schon“, brummte Blauhaupt, als die Klingel laut schepperte. „Sie schon wieder?“, fragte er erstaunt, als er die Tür geöffnet hatte und Petersen und Schuster vor der Tür stehen sah.

„Möchten Sie uns nicht in die Wohnung bitten?“, fragte Schuster. „Oder sollen wir uns hier auf dem Korridor laut und deutlich vorstellen?“

„Kommen Sie rein“, knurrte Blauhaupt, während er die Tür weit öffnete und dabei einen Schritt zur Seite ging.

„Weshalb sind sie ausgerissen?“, wollte Petersen wissen.

„Weil ich Ihre Fragen satt hatte.“

„Und heute? Werden Sie heute unsere Fragen beantworten?“

„Mal sehen! Setzen Sie sich.“ Er wies auf die Stühle, die um einen Tisch herumgruppiert waren.

„Was wollen Sie denn wissen?“ Blauhaupt war neugierig.

Petersen stellte seine Fragen, erhielt aber nicht die von ihm erhoffte Antwort.

„Herr Blauhaupt, wir müssen Sie mitnehmen!"

„Kommt nicht in die Tüte! Nicht ohne meinen Anwalt!"

Meinen Sie, dass Sie einen Anwalt brauchen?"

„Natürlich brauche ich keinen Anwalt."

Daraufhin erklärte ihm Petersen, dass er sich dem Gen-Test unterziehen müsse. „Wenn Sie sich keiner Schuld bewusst sind, haben Sie auch nichts zu befürchten. Es könnte sogar eine Bestätigung herausspringen, dass sie wirklich nichts mit dem Mord zu tun haben. Und das heißt, dass Sie uns dann für immer los sind!"

„Wirklich? Ich bin Sie dann für immer los?"

„Abgemacht! Aber nur, wenn Sie die Frau nicht getötet haben!"

„Gehen wir!" Blauhaupt erhob sich und verließ mit den Kriminalisten die Wohnung.

* * *

22. August

Petersen schickte Schuster noch einmal zur Familie Steinbauer. Er sollte überprüfen, ob Joseph inzwischen wieder zu Hause sei. Nach relativ langer Zeit war der Kommissar wieder zurück. „So!", strahlte Schuster, als er das Büro betrat.

„Den Steinbauer können wir nun auch überprüfen. Er sitzt ..."

„Wo? Ist er schon wieder inhaftiert worden?", fiel Petersen ihm ins Wort.

„Nein, aber ich denke, wir könnten es bald schaffen."

„Sag schon, wo er sitzt!"

„Draußen, im Korridor, vor der Tür. Ich habe ihn gleich mitgebracht. Er scheint nicht viel vom Arbeiten zu halten."

„Wie bist du so plötzlich darauf gekommen?"

„Ich habe hier einen Brief, den ich bei ihm im Zimmer gefunden habe." Damit zeigte Schuster einen rosafarbenen, an Sepp Steinbauer gerichteten Briefumschlag. „Der Absender ist eine Maritta Blume."

„Was hat sie mit dem Mord zu tun?", wollte Oberkommissar Petersen wissen.

„Das weiß ich im Moment noch nicht, aber ich denke, dass unser Sepp wieder einmal seine Mutter belogen hat, um sich nicht um den Hof kümmern zu müssen." Und, wie beiläufig ergänzte Schuster: „Diese Maritta Blume wohnt im Nachbardorf. Da bin ich gleich hingefahren. Beinahe hätten wir Sepp Steinbauer im ganzen Land zur Fahndung ausgeschrieben, und siehe da, er liegt unterdessen mit dieser Maritta im Bett."

„Ich verstehe immer noch nicht," schüttelte Oberkommissar Petersen den Kopf. „Wie bist du zu diesem Brief gekommen?"

„Irgendwie hatte ich in der Pension einen Fahrplan der Bundesbahn gesehen. Der Wirt der Pension »Waldesruh« ließ seine Gäste, die mit dem Zug anreisten, immer vom Meuselrodaer Bahnhof abholen. Der liegt am günstigsten für seine Pension."

„Und? Was hat der Sepp mit dem Fahrplan zu tun?"

„Nichts! Ich stellte nur fest, dass nach 18.00 Uhr überhaupt kein Zug mehr von Meuselroda abfährt. Es gibt demzufolge keinen »Nachtzug«!"

Petersen nickte zustimmend.

„Dann habe ich im Zimmer des Sepp solange gesucht, bis

ich etwas Brauchbares fand. Und das war dieser Brief. Er lag unter dem Kopfkissen seines Bettes. In ihm steht, dass sie, also diese Maritta, große Sehnsucht hätte, und er sie bald wieder besuchen solle. Die Zeit wäre jetzt besonders günstig, weil ihr Ehemann gerade wieder auf einer Dienstreise wäre." Damit setzte sich Kommissar Schuster auf seinen Platz und strahlte seinen Vorgesetzten siegessicher an.

„Hast du auch schon den Test mit ihm machen lassen?", fragte Petersen.

„Komm Chef", fuhr Schuster aufgebracht fort, „so lange war ich ja eben auch nicht weg." Schuster hob abwehrend die Hände. „Ich habe ihn erst einmal zugeführt. Das Weitere können wir ja nun in Ruhe veranlassen."

„Gute Arbeit", lobte Petersen seinen Kollegen. „Dann wollen wir erst einmal hören, was er uns zu sagen hat. Hol ihn doch bitte gleich mal rein." Schuster stand auf, öffnete die Tür und bat Joseph Steinbauer ins Zimmer.

* * *

„Herr Steinbauer, hat Ihnen mein Kollege schon verraten, weshalb Sie hier sind?", fragte Petersen, nachdem er Steinbauer einen Platz angeboten hatte.

Sepp schüttelte den Kopf. „Nein."

„Wunderten Sie sich nicht, dass Sie aufgefordert wurden, mit zur Kriminalpolizei zu kommen?"

„Wer wie ich, sieben Jahre Brandenburg hinter sich hat, wundert sich überhaupt nicht mehr! Höchstens noch darüber, wieder zu Hause sein zu dürfen."

„Weshalb waren Sie in Haft?"

„Da brauchen Sie doch nur nachzufragen."

„Ich fragte Sie ja“, spielte Petersen mit.

„Ich meine nicht mich, sondern Ihren Computer. Fragen Sie ihn!“

„Ich gestehe, dass ich schon nachgefragt habe“, erklärte Petersen ihm.

Über Steinbauers Gesicht huschte ein Lächeln. Ein wissendes Lächeln! Wusste er doch, dass alle Angaben über ihn bereits vorliegen würden. „Dann erklären Sie mir, weshalb ich hier bin“, verlangte er.

„Sie scheinen nicht viel von Ihrem Hof zu halten, den Sie einmal erben sollen“, versuchte Petersen, sich von ganz weit her an Steinbauer heranzuschleichen. „Sie überlassen Ihrer Mutter die ganze Arbeit. Der Hof verkommt doch, wenn dort nicht eine starke Männerhand wirksam wird.“

Steinbauer ließen diese Worte unberührt. Es war ihm anzumerken, dass er keinen Wert darauf legte, sich über den Hof, den er irgendwann mal erben würde, zu unterhalten. Er hob seinen Blick, sah Petersen fest an und sagte: „Lassen Sie doch dieses herumtänzeln. Sie wollen sich doch nicht mit mir über den Hof unterhalten. Richtig? Kommen Sie zur Sache, es wartet Arbeit auf mich.“

Schuster konnte sich das Lachen nicht verkneifen. „Im Bett einer verheirateten Frau?“, fragte er.

Steinbauer tat, als hörte er dies nicht. „Also, was soll ich hier? Weshalb hat mich Ihr Kollege hergeschleppt?“, fragte er Petersen.

„Gut! Kommen wir zur Sache. Wo waren Sie am achtzehnten dieses Monats?“

„Wenn mich nicht alles täuscht, haben Sie sich darüber auch schon erkundigt!“

„Ich möchte es von Ihnen hören!“, bohrte Petersen weiter.

„Da habe ich Geburtstag gefeiert."

„Ihren Geburtstag?", wollte Schuster wissen.

Steinbauer schüttelte den Kopf. „Sie halten gerade meinen Ausweis in der Hand. Dort steht mein Geburtstag drauf. Also wissen Sie es doch, ob es mein Geburtstag war oder der eines anderen."

„Geben Sie endlich klare Antworten", fuhr Schuster ihn an.

„Nein", antwortete Steinbauer kleinlaut. „Es war der Geburtstag eines meiner ehemaligen Klassenkameraden."

„Sie waren also bei Frank Brunner zu Gast." Petersen bewahrte immer noch seine Ruhe.

„Ich verstehe das Ganze nicht", fuhr Steinbauer auf. „Wenn Sie es wissen, weshalb fragen Sie dann erst scheinheilig?"

„Weil wir von Ihnen die Bestätigung haben wollten", entgegnete ihm Petersen und fuhr fort: „Wie lange waren Sie dort?"

„Sicher werden Sie auch das wissen, aber wenn es Sie befriedigt, bis in die Nacht hinein." Und, wie zu sich selbst fragte er: „Ich möchte nur wissen, weshalb ich die Frau allein im Bett zurückgelassen habe? Etwa nur, um Ihre lauen Fragen zu beantworten?"

„Wie sind Sie nach der Feier nach Hause gekommen?"

„Das weiß ich selbst nicht. Ich war voll!"

„Es ist ein ganz schönes Stück Wegs", schaltete sich Schuster ein. „Wenn man von der Pension nach Meuselroda laufen muss, sollte man gut zu Fuß sein."

„Wissen Sie, wer so lange gesessen hat, wie ich, der hat auch Zeit zum Laufen. Weshalb ist es wichtig zu wissen, wie ich nach Hause gekommen bin?", wurde Sepp Steinhäuser nun doch neugierig.

Petersen antwortete nicht auf Sepps Frage sondern fragte

seinerseits: „Rauchen Sie?"

„Nein, ich habe es mir in Brandenburg abgewöhnt."

„Auch nicht mal eine, wenn Sie erregt sind?"

„Was heißt hier »erregt sind«? Meinen Sie, dass mich Brunners alte Tanten erregen könnten?"

„Sie haben meine Frage nicht beantwortet!"

„Doch! Ich sagte Ihnen schon, dass ich nicht rauche! Reicht es Ihnen nicht. Hat irgendwo etwas gebrannt?"

„Nein, abgebrannt ist nichts. Aber Sie sind ja bisher auch noch nie wegen Brandstiftung verurteilt worden."

„Was soll denn das heißen?" Sepp überlegte einen Augenblick. Dann sprang er auf und rief: „Ach so! Daher also weht der Wind! Sie wollen mir wieder eine Vergewaltigung anhängen! Dieses Mal kommen Sie bei mir nicht an. Ich habe im Knast nämlich gelernt. Vor allem, auf der Hut zu sein!" Dann schwieg Steinbauer, und es war kein Wort mehr aus ihm herauszuholen.

Petersen überlegte. „Brauchen Sie etwa Ihren Anwalt?", fragte er Steinbauer. Auch auf diese Frage kam keine Antwort.

„Wir werden den Test machen lassen und dann bringt Kommissar Schuster Sie wieder nach Hause."

Steinbauer protestierte: „Ich bin kein kleines Kind mehr, das den Eltern übergeben werden muss! Ich kann mich aufhalten, wo und wie lange ich will! Ich kenne meine Rechte. Entweder haben Sie etwas gegen mich in der Hand. Dann möchte ich einen Haftbefehl sehen, oder Sie lassen mich laufen. Und was den Test, von dem Sie sprachen, angeht, würde ich gern wissen, ob ich dazu laut Strafprozessordnung verpflichtet bin."

„Ich denke, dass eine Weigerung eine Art Eingeständnis

der Straftat sein könnte“, sagte Petersen so wie nebenher. „Aber wir könnten Sie auch verpflichten, wenn Sie nicht freiwillig wollen.“

„Machen Sie nur Ihren Test! Ich habe keine Angst davor, was immer auch Sie darunter verstehen. Aber, zu mehr haben Sie kein Recht!“

* * *

Kapitel 18

Jörg Schneider raffte sich auf. Er musste zu Annegrets Eltern, ihnen erklären, was vorgefallen war. Trotz der hysterischen Ausfälle seiner Schwiegermutter, klingelte Jörg Schneider am Haus seiner Schwiegereltern. Er hoffte auf den Beistand seines Schwiegervaters. Dieser empfing ihn an der Tür. Nicht ausgesprochen herzlich, aber auch nicht kühl, wie einen Fremden. Seine Schwiegermutter saß im Salon.

„Hattet ihr beide Streit gehabt?“, fuhr sie ihren Schwiegersohn an, während sie sich erhob. Sie nahm sich nicht einmal die Zeit, ihn zu begrüßen. „Sprich! Was hast du uns angetan? Du hast Annegret ermordet! Du bist der Mörder! Du wolltest ihr Geld! Nur ihr Geld!“ In ihren Worten lag mehr Wut, als Trauer. Hastig ging sie auf Jörg zu und sah ihn, eine Antwort fordernd, an.

„Was sollte ich ihr denn getan haben?“ Jörg ging erst einmal zwei Schritte rückwärts. „Es glaubt mir ja doch niemand. Selbst der Kriminalist hatte es mir nicht geglaubt. Ich habe Annegret geliebt! Auch wenn es dir nicht passte!“, schrie er seiner Schwiegermutter entgegen. „Wer dachte denn daran, dass unsere Hochzeitsreise so enden würde? Wie hätte ich das Verbrechen verhindern können? Es geschah, als ich schlief!" Jörg schüttelte den Kopf. „Glaubt mir doch! Es ist ein Verbrechen geschehen und der Täter läuft heute noch irgendwo draußen herum."

„Das glaube ich dir gern!", antwortete Annegrets Mutter spitz, und sie sah Jörg vorwurfsvoll an.

Jörg Schneider drehte sich um und verließ das Zimmer. Er konnte sich diese haltlosen Anspielungen einfach nicht mehr anhören.

„Warum nur ist er wieder nach Hause gekommen und unsere Tochter nicht? Kannst du mir das sagen, Hartmut?" Elisabeth Werner griff erneut zu ihrem Cognacglas.

„Trink nichts mehr, Elisabeth!", bat ihr Mann.

„Soll man da nicht zum Glas greifen? Am liebsten würde ich gleich die ganze Flasche nehmen!"

„Elisabeth, ich glaube dem Jungen. Ich vertraue ihm. Eines Tages wird der wirkliche Täter ermittelt werden, und dann wirst du Jörg Abbitte tun müssen!"

„Und ich sage dir, Hartmut, Jörg ist der Mörder! Und, wenn es sich herausstellt, dass der Mörder unter unserem Dach geschlafen hat, dann wird der Skandal perfekt sein."

Das allerdings hatte Jörg Schneider nicht mehr gehört. Er saß bereits wieder in seinem Auto und fuhr in Richtung Halle. Er wollte zu Oberkommissar Petersen, um mit ihm diese Straftat zu klären. Er wollte, ja er musste seiner Schwiegermutter beweisen, dass er mit diesem Verbrechen nichts zu tun hat.

* * *

Petersen wurde langsam unruhig und klopfte mit dem Kugelschreiber auf Schusters Liste herum. Kommissar Schuster sah ihm dabei zu. Dabei stellte er fest, dass Petersen, ohne es sich bewusst zu sein, immer auf den Namen Schneider tippte.

„Ich denke, dass es an der Zeit ist, uns diesen Mann zur Brust zu nehmen!“

„Wen?“, fragte Petersen, wie aus einem Traum zurückgekehrt.

„Den Schneider! Du tippst schon eine ganze Weile auf dessen Namen. Hast du das nicht bemerkt?“

„Ich weiß nicht“, schüttelte Petersen den Kopf. „Was wollen wir ihm vorhalten. Selbst die Zigarettenkippen stammen nicht von ihm.“

„Lassen wir doch einmal die Kippen weg!“

„Aber, dann haben wir doch überhaupt nichts mehr!“, fuhr Petersen auf. Es machte ihn nervös, dass sie in diesem Mordfall bisher keinen Schritt weitergekommen waren. „Was wollen wir dann als Anhaltspunkt nehmen? Wenn wir die Zigarettenkippen weglassen wollen, käme auf einmal wieder jeder in Frage! Jeder! Steinbauer, Blauhaupt und...“

„Wir könnten es doch erst einmal mit dem Schneider versuchen“, unterbrach Schuster diese Aufzählung. „Fragen wir ihn nur mal so! Irgend etwas müssen wir ja tun.“

„Das ist Beschäftigungstheorie, was du vor hast, Schuster.“

„Oder Vernehmungspsychologie. Das habe ich auf der Polizeischule gelernt.“

„Was? Das ist doch der reine Terror! Da mache ich nicht mit! Und wenn Schneider uns gegenüber ein Geständnis abgibt und es dann später widerruft? Dann haben wir ein Verfahren wegen Nötigung am Hals.“ Petersen schüttelte den

Kopf. „Nein! Das glaube ich nicht, dass so etwas auf einer Polizeischule gelehrt wurde. Das ist ja ...! Also mir fehlen die Worte! Schuster. Das ist das erste Mal, dass du mich in eine solche Situation bringst. Das kann doch nicht dein Ernst sein!“

„So meine ich das doch gar nicht.“

„Wie sonst?“ Petersen war böse geworden.

„Ich meine nicht, dass wir irgendwen von der Straße hereinholen und ihn so lange traktieren, bis er sagt, dass er den Mord durchgeführt hat. Ich denke eher, dass wir in Schneider eine Person haben, die eine bestimmte Beziehung zum Mord haben muss. Und das müssen wir abklären. Ich verlange nicht, dass wir den Schneider so lange hören, bis er die Straftat zugibt...“

„Sondern?“, fragte Petersen erbost zurück.

„Schneider soll uns den Weg zum Täter führen. Wir sollten ihn zielstrebiger vernehmen und nicht nur seine Geschichte erzählen lassen. Ich denke, wenn seine Frau ermordet wurde, ist es sicher sehr tragisch, aber er hat die Pflicht, wenn auch nur eine moralische, uns bei der Aufklärung des Verbrechens zu helfen. Bisher hast du ihn nur erzählen lassen, was er uns sagen wollte. Wir müssen ihn dazu bringen, uns zu erzählen, was wir wissen müssen! Verstehst du mich?“

„Das leuchtet ein. Also müssen wir zusehen, dass wir den Schneider herbekommen. Richtig so?“ Petersen schien wieder auf dem Wege der Besserung zu sein.

Schuster nickte.

* * *

23. August

Am späten Nachmittag klopfte Jörg Schneider an Petersens Bürotür. Schuster war überrascht. Am vergangenen Abend noch hatten sie sich den Kopf zerbrochen, wie sie an Jörg Schneider herankämen. Plötzlich stand er von selbst in der Tür. Schuster bot ihm einen Stuhl an.

„Was machen Sie denn hier?", fragte Oberkommissar Petersen erstaunt.

„Ich muss den Mörder finden!"

„Auch wir tun nichts anderes, als diesen Mord aufzuklären. Aber, im Moment wissen wir nicht, wo wir anfangen sollen. Es tut mir leid, es Ihnen sagen zu müssen: Wir haben keine Zeugen! Es gibt niemanden, der diesen Mord gesehen hat."

Bedrückt sah Jörg Schneider vor sich zu Boden. „Und ich werde Ihnen sicherlich auch keine große Hilfe sein, denke ich."

„Weshalb sind Sie denn trotzdem hier her gekommen?"

„Ich habe zu Hause einfach keine Ruhe. Ich habe es einfach nicht mehr ausgehalten. Die Anschuldigungen meiner Schwiegermutter sind ja nicht zum Anhören!"

Petersen stellte sich ahnungslos. „Hat Ihre Schwiegermutter etwas gegen Sie?"

„Das ist eine lange Geschichte", winkte Herr Schneider resignierend ab. „Sie war ja von Anfang an dagegen, dass ich mit Annegret zusammen bin. Ja, wenn ich aus »gutem Hause« kommen würde, wie der vorherige Freund meiner Frau! Aber so?"

„Kennen sie den ehemaligen Freund?"

Jörg Schneider schüttelte den Kopf. „Ich habe ihn zwar

einmal in der Disco gesehen, aber sonst weiß ich nicht viel über ihn. Ich glaube, er heißt Matthias und soll der Sohn vom Chefarzt in unserem Krankenhaus sein. Ist so ein schwammiger Typ. Mehr haben Annegret und ich nie darüber gesprochen. Sie sagte immer: »Was vorbei ist - ist vorbei!«„

„Was bringt Ihre Schwiegermutter für Anschuldigungen gegen Sie vor?", bohrte Petersen weiter.

„Sie vermutet, dass ich hinter ihrem Gelde her bin. Nur hinter ihrem Geld! Und dass ich ihre Tochter jetzt, nach der Hochzeit, umgebracht hätte." Jörg Schneider überlegte. „Aber das ist doch wie in einem schlechten Film." Er wusste nicht mehr, was er weiter sagen sollte.

„Nun mal langsam junger Mann, es wird doch sicher auch eine Begründung dafür geben. Oder nicht?"

„Was heißt Begründung? Wozu eine Begründung? Dafür, dass ich Annegret liebe? Vielleicht suchen auch Sie eine Begründung, warum wir zwei unsere Flitterwochen ausgerechnet in Meuselroda, in der Pension »Waldesruh«, verbringen wollten? Fahren andere jungverheiratete Paare nicht auch irgendwohin, wo es ruhig ist? Wo sie ungestört sind?" Jörg war ungehalten. „Wenn es nach meiner Schwiegermutter ginge, müssten wir unsere Flitterwochen im Trubel eines First-Clas-Hotels auf Sylt oder im Ausland verbringen. Vielleicht sogar, wie Annegrets Freundin auf einer Insel in der Karibik. Die Hauptsache bei meiner Schwiegermutter ist, dass es prunkvoll ist! Dass die Gäste ihren Wohlstand sehen und sie darum beneiden!"

„Und", unterbrach Petersen ihn. „Warum wollten Sie nicht? War es eine Frage des Geldes? So, wie ich es aus Ihren Angaben heraushöre, hätten Ihnen Ihre Schwiegereltern sicher gern das Geld für eine große Hochzeitsfeier vorgeschossen."

„Mit meinem Schwiegervater verstehe ich mich eigentlich recht gut. Nur mit der Schwiegermutter nicht. Ich war ihr von Anfang an nicht gut genug. Sicher ist, dass sie das Geld nur zu gern für eine pompöse Hochzeitfeier und eine noch pompösere Hochzeitsreise hergegeben hätte. Aber ich bin ja nur ein Bauarbeiter! Mit mir kann sie nicht prahlen! Wissen Sie, ich brauchte das Geld meiner Schwiegermutter nicht, um eine Familie zu ernähren. Mit Annegret war ich mir einig, dass wir weitgehendst unabhängig bleiben wollten."

„Aber, welche Mutter möchte ihre Tochter nicht so gut, wie möglich, verheiraten?", wandte Schuster ein.

„Das bringt uns in der Frage, warum Annegret ermordet wurde auch nicht weiter. Ich weiß nur, dass meine Schwiegermutter mich für den Tod ihrer Tochter verantwortlich macht!"

„Und? Fühlen Sie sich dafür verantwortlich?" Schuster übernahm den Faden der Befragung.

„In gewisser Weise schon. Schließlich war ich es, der sie vom Vorschlag meines Vaters begeisterte und ihr einredete, die Flitterwochen in dieser Pension in Meuselroda zu verbringen. Aber ..."

„Aber?"

„Ach, was soll's. Das ist ja auch keine Entlastung für mich."

„Was?"

„Ich denke mir immer, wie viele Leute schon ihren Urlaub und womöglich auch ihre Flitterwochen in der Pension »Waldesruh« verbracht haben mögen, ohne ermordet worden zu sein", sagte Jörg Schneider resignierend.

„Da könnten Sie Recht haben. Also, wer könnte Ihrer Meinung nach der Täter sein?"

Jörg Schneider zuckte mit den Schultern. „Das weiß ich

eben auch nicht. Dazu sind Sie doch da. Was fragen Sie mich danach?"

„Aber, Sie sagten doch, dass Sie den Mörder Ihrer Ehefrau finden wollen. Wo wollten Sie zu suchen anfangen?"

Jörg Schneider zuckte unschlüssig mit den Schultern. „Hier irgendwo ..."

Plötzlich, völlig unvermittelt fragte Petersen dann: „Wie lange kannten Sie Ihre Frau, ehe Sie geheiratet haben?"

„Ein knappes Jahr. Genau genommen", Schneider überlegte einen Augenblick, „elf Monate und ein paar Tage."

„Haben Sie vor Ihrer Hochzeit mit Ihrer Frau geschlafen? Ich meine es so, wie ich es gesagt habe. Also nicht, ob sie vorher Verkehr mit ihr hatten. Das interessiert mich zur Zeit nicht. Ich meine wirklich, mit ihr geschlafen. Also abends ins Bett gegangen und morgens mit ihr aufgestanden."

„Ja, das auch", antwortete Jörg Schneider etwas verlegen, weil er nicht wusste, was Petersen mit dieser Frage bezweckte.

„Sie sagten bereits einmal, dass Ihre Frau sich in der Pension »Waldesruh« fürchtete, wenn sie nur daran dachte, nachts auf die Toilette zu müssen. War das zu Hause auch so?"

„Zu Hause brauchte sie sich doch nicht zu fürchten."

„Ich meinte, ob sie dort auch nachts raus musste."

„Ja, Annegret musste auch zu Hause nachts öfter auf die Toilette. Sicher ist das krankhaft, doch es war für mich kein Grund, sie nicht zu heiraten." Immer noch wartete er darauf, was Petersen mit diesen Fragen bezweckte.

„Hatte Ihre Frau vor Ihnen schon mehrere Freunde?"

„Das weiß ich nicht. Ich kenne nur den Matthias."

Noch ein paar weitere Fragen folgten. Dann ließ Petersen Herrn Schneider wieder gehen.

„Ich halte mich hier in der Stadt auf und suche mir erst

einmal ein Quartier."

Und zynisch fügte er hinzu: „Ich werde hier doch ungefährdet sein! Wenn Sie mich brauchen, werden Sie mich sicherlich finden. Ich bleibe hier in der Stadt, bis der Täter gefunden wurde. Was soll ich zu Hause? Mir ewig die Vorwürfe meiner ständig betrunkenen Schwiegermutter anhören?"

„Ja, gut, machen Sie, was Sie denken. Quartieren Sie sich hier in der Stadt ein. Ich kann Ihnen die Pension »Bettina« empfehlen. Übrigens", damit wandte sich Petersen noch einmal an Jörg Schneider, „wir werden den Täter finden! Glauben Sie mir!"

Nachdem Schneider gegangen war, sah Schuster Oberkommissar Petersen fragend an. „Was hältst du denn von dem? Habe ich es dir nicht gesagt, dass der Mörder wieder zum Tatort zurückkommt? Warum, um alles in der Welt, ist er wieder zurückgekehrt? Will er wissen, wie weit wir mit den Ermittlungen sind?"

Petersen schüttelte nur langsam den Kopf. Er wollte es einfach nicht wahr haben. Nur zu selten traf in seiner bisherigen kriminalpolizeilichen Praxis eine solche Voraussage zu, dass der Täter zum Tatort zurückkehrte. „Was soll ich dazu sagen? Ich weiß auch nichts Genaues. Wir werden sehen. Vielleicht hast du am Ende sogar recht. Bist du nun zufrieden?", fragte er dann Schuster.

„Was heißt zufrieden? Ich hätte es mir gewünscht, dass du ihn mehr zur Tatnacht gefragt hättest."

„Dazu wusste er doch sowieso nichts. Er sagte ja, dass er geschlafen hat."

„Und was sollte die Frage, ob er vor der Hochzeit schon mit ihr geschlafen hat?"

„Mal sehen", antwortete Petersen geheimnisvoll.

* * *

24. August

„Mir ist eingefallen, dass wir den Schneider noch wegen der Hautreste unter den Fingernägeln der Toten überprüfen müssen", legte Petersen gleich früh beim Betreten des Büros los.

„Das hätten wir gestern gleich machen können." Petersen sah Schuster vorwurfsvoll an, als hätte dieser die Überprüfung allein vergessen. „Komm, Gerd! Wir werden uns diesen Schneider noch einmal ansehen. Irgendwo wird er schon aufzutreiben sein. Wir müssen feststellen, ob eventuell die Hautreste von ihm stammen könnten. Hoffentlich hat er sich in der Pension »Bettina« einquartiert, dann brauchen wir ihn nicht so lange suchen." Petersen und Schuster verließen das Büro. Sie gingen die wenigen hundert Meter zu Fuß. Petersen genoss es, endlich einmal wieder etwas Ruhe zu haben. Langsam gingen sie durch den großen Park zur Schlossstraße, in der sich die Pension befand. Auf einer Wiese stand eine Erzieherin mit einer Gruppe Kinder. Sie sammelten Blätter. Petersen blieb stehen und beobachtete sie einen Augenblick.

„Ist was?", wollte Schuster wissen.

„Ach, nein!" Petersen atmete tief durch. „Wenn ich die Kinder sehe, fällt mir die tote Frau wieder ein. Sie würde sicher auch gern Kinder gehabt haben." Schuster ließ Petersen mit seinen Gedanken allein.

In der Pension „Bettina" trafen sie Herrn Schneider nicht an. Er wollte ein wenig im Park spazieren gehen, sagte die Vermieterin.

Im Park spazieren gehen, dachte Petersen. Sicher wird er beim Anblick der Kinder die gleichen Gedanken haben, wie ich.

„Wann wollte er wiederkommen?"

„Das hat er nicht gesagt. Ich denke, dass er bis zum Abendessen wieder hier ist." Petersen sah auf die Uhr. Es war fast Feierabend. Deshalb bat er die Frau, Schneider gleich am nächsten Morgen in sein Büro zu schicken. „Sagen Sie, dass er sich bei Herrn Petersen melden soll. Herr Schneider war schon einmal bei mir. Er weiß, wo ich mein Büro habe. Danke" Damit verließen sie diese Pension.

* * *

Kapitel 19

Kaum war Petersen an diesem Abend zu Hause, sagte seine Frau unvermittelt: „Eifersucht!"

„Was soll das! Bist du plötzlich eifersüchtig? Oder denkst du, dass ich eifersüchtig auf unseren Sohn Konrad bin, weil er mit dir ins Theater ging? Also, was soll das?"

„Eifersucht war noch immer das beste Motiv eines Mordes. Erinnerst du dich an den Krimi ...?"

„Ach, komm, hör auf. Du mit deinen Krimis!" Petersen hielt sich demonstrativ die Ohren zu. „Was soll das? Sprich doch mal so mit mir, dass ich es auch verstehe. Bitte!"

„Ich sagte das Wort »Eifersucht«. Fällt dir dabei nichts ein? Ich meine, im Zusammenhang mit deiner Arbeit!"

„Nein. Im Moment nichts." Petersen stutzte. „Du meinst, dass das Motiv dieses Mordes Eifersucht sein soll?" Er sah seine Frau fragend an.

Sie nickte. „Ja. Kann der Täter die Frau nicht aus Eifersucht umgebracht haben? Das ist doch möglich oder ...? Denk doch mal an Othello!“

„Das ist doch Theater! Aber - Moment mal! Eifersucht“, murmelte Petersen vor sich hin. Doch dann winkte er ab. „Wer von den Pensionsgästen soll schon auf Frau Schneider eifersüchtig sein?“

„Und ich dachte, dass du dich freust, wenn ich dir helfe“, schmollte Petersens Frau.

„Moment mal! Der Schneider hatte uns heute erzählt, dass die Getötete vor ihm einen anderen Freund hatte. - Aber nein, das kann ich mir einfach nicht vorstellen. Der Junge soll der Sohn von einem Chefarzt sein. Eine angesehene Persönlichkeit! Mäuschen, es ist sicher sehr schön, dass du dich für meinen Dienst interessierst, aber das geht sicher zu weit!

* * *

Am nächsten Morgen überfiel Petersen Schuster mit seiner neuen Version. „Weißt du, Schuster, meine Frau hat mir gestern Abend einen ‚Floh ins Ohr' gesetzt. Die halbe Nacht habe ich nicht schlafen können.“

Petersen genoss es sichtlich, wieder Herr der Lage zu sein.

„Mach es nur nicht so spannend“, winkte Schuster ab.

„Eifersucht!“, warf Petersen eben so kurz hin, wie am Vortage seine Ehefrau.

„Eifersucht als Motiv? Du meinst, dass die Frau aus Eifersucht umgebracht wurde? Wer soll hier in der Pension eifersüchtig auf diese Frau gewesen sein?“ Schuster stellte die gleiche Frage, die sich Petersen am Vorabend auch gestellt hatte.

„Denk mal an das Motiv! Wir können nicht sagen warum die junge Frau ermordet wurde, folglich wissen wir nicht, wo wir den Täter suchen müssen."

„Offensichtlich", so fuhr Petersen weitausholend fort, „ist Frau Schneider auf dem Wege zur oder von der Toilette abgefangen und auf den Boden gebracht worden, wo das Verbrechen an ihr begangen wurde. Jetzt habe ich mir die Frage gestellt, wer konnte wissen, dass sie nachts aufsteht und zur Toilette geht? Also? Schuster, streng deine Gedanken mal an!"

„Wer könnte wissen, dass Frau Schneider nachts raus musste?", murmelte Schuster die Frage von Petersen nochmals vor sich hin, wie, um sie auf sich einwirken zu lassen. „Ihr Ehemann! Sollte er auf sich selbst eifersüchtig sein?"

„Nein, wusste nur er, dass seine Frau nachts öfter raus musste?"

Schuster überlegte noch einen Augenblick. Dann kam ein Gedankenblitz. „Du meinst...?"

„Ja, ich meine!"

„Donnerwetter! Das wäre ja sehr gewagt. Obwohl, möglich wäre es schon", antwortete Schuster, ohne, das je ein Name gefallen wäre. Doch im Laufe der Zeit kannten sich beide Kriminalisten soweit, dass einer des anderen Gedanken erraten konnte. „Das hieße ja, dass du deine zweite Version von damals wieder ausgegraben hast."

„Wenn wir in der einen Spur nicht weiterkommen, müssen wir in die andere wechseln!

* * *

Herr Schneider klopfte an die Tür und trat ein.

„Wie sieht es aus? Haben Sie den Täter schon? Oder wenigstens eine Spur von ihm“, fragte er aufgeregt.

„Wir haben eine Spur.“ Schneiders Gesicht erhellte sich. „Aber“, fuhr Petersen fort, „wir müssen erst noch sehen, ob es eine echte Spur ist, oder ...?“

„Oder was?“, unterbrach ihn Schneider. „Was ist das für eine Spur? Wo führt sie hin?“, fragte er, immer langsamer sprechend.

„Mal langsam“, versuchte Petersen ihn zu beruhigen. „Wir müssen mit Ihnen zur Rechtsmedizin. Man hat bei Ihrer Frau winzige Hautreste unter den Fingernägeln gefunden. Nun müssen wir erst einmal sehen, ob diese von Ihnen stammen, oder vom Täter.“

„Das kann durchaus sein, dass sie mich gekratzt hatte. Das kam öfter mal vor. Annegret“, Herr Schneider hielt kurz inne. „Annegret und ich hatten uns oft im Spaß gebalgt. Und sie hatte so lange spitze Fingernägel“, fügte er traurig hinzu.

Nach der Untersuchung in der Rechtsmedizin bestätigte Oberarzt Doktor Kreiser, dass diese Hautreste von Herrn Schneider selbst stammten. Auch die Test-Ergebnisse der Feier-Gäste, mit denen sie andere Dienststellen beauftragt hatten, lagen bereits auf dem Tisch. Aber nicht eine dieser Untersuchungen brachte sie auch nur einen Schritt voran. Bei zwei Gästen stimmte die Blutgruppe mit ihren Spuren überein, aber diese Gäste rauchten nicht. Auch Blauhaupts Blutgruppe und die des Alleinunterhalters stimmte nicht mit der überein, die durch die Rechtsmedizin herausgearbeitet wurde.

Es war zum Verzweifeln!

* * *

Wieder saßen Petersen und Schuster in ihrem Dienstfahrzeug. Sie fuhren Richtung Nordwest. Das Gelände wurde flacher. Die Wälder wichen riesigen Ackerflächen. Auf den Wiesen wurde Heu eingefahren.

„Die Luft riecht würzig, aber nicht so stark nach Wald, wie bei uns", sagte Schuster, nur um überhaupt etwas zu sagen.

Petersen antwortete nicht. Er war in Gedanken versunken.

„Machst du dir Gedanken, wie es sein wird, wenn du mit ihm zusammentriffst?"

„Erst einmal werden wir mit dem Vater reden. Und dann werden wir weitersehen. Ich muss gestehen, dass ich im Moment noch keine Vorstellung habe, was auf uns zukommen könnte."

„Aber du wirst sicher wissen, was du fragen willst?!"

„Keine Spur. Lassen wir es doch erst einmal an uns herankommen. Wir haben eh nichts in der Hand."

Endlich waren sie in einer kleinen mittelalterlichen Stadt eingetroffen. Geschäft reihte sich an Geschäft. Petersen stieg aus und unterhielt sich mit einem Fußgänger. Dieser wies ihm den weiteren Weg.

„Wir müssen an das andere Ende der Stadt", sagte er, während er wieder einstieg. Die Geschäfte wurden weniger. Und auch die Mehrfamilienhäuser blieben zurück. Immer mehr Einfamilienhäuser und Gärten befanden sich an der Straße. Dann zeigte ihnen ein Hinweisschild das Ziel ihrer Reise an. Von da aus mussten sie nur noch einmal abbiegen und dann stellte Petersen das Fahrzeug vor dem großen Krankenhaus ab.

An der Rezeption bat er, den Chefarzt sprechen zu dürfen. Doch da begannen schon die Schwierigkeiten. Weder Petersen, noch Schuster kannte dessen Familiennamen. „Er muss einen Sohn haben, einen Matthias", stammelte Schuster.

„Sind Sie ebenfalls von der Uni?"

„Ja", log Petersen.

Die Schwester griff zum Telefon und wählte eine Nummer. „Hier ist die Rezeption. Es sind schon wieder zwei Herren von der Uni da. Sie wollen zum Herrn Chefarzt." Dann hörte die Schwester einen Augenblick zu und legte den Hörer wieder auf. „Sie möchten sich einen Moment gedulden", sagte sie und wies auf zwei Sessel, die in einer Nische standen.

Es dauerte eine geraume Zeit, ehe sich der Chefarzt meldete. Er kam zur Rezeption und erkundigte sich, wer ihn zu sprechen wünschte. Die Schwester verwies ihn an die beiden wartenden Herren, Petersen und Schuster.

„Möchten Sie mich wegen meines Sohnes sprechen? Dann, bitte, machen Sie es kurz, ich muss wieder zu meinen Patienten", sagte der große schlanke Mittfünfziger, der mit seinen angegrauten, glatt nach hinten gekämmten Haaren, beinahe wie ein Filmschauspieler früherer Jahre aussah.

„Ja, es geht um Ihren Sohn Matthias ...", begann Petersen, indem er sich von seinem Platz erhob. Doch Chefarzt Doktor Winter ließ ihn nicht weiter zu Wort kommen.

„Ich bin es langsam leid, verstehen Sie mich", fuhr er Petersen gereizt an. „Alle Augenblicke kommt jemand anders, um sich über meinen Sohn zu beschweren. Ich kann Ihnen nur sagen, dass Matthias immer noch nicht zu Hause ist. Wann hat diese Fragerei endlich ein Ende?"

„Wo können wir uns ungestört unterhalten?", fragte Petersen den sicher vielbeschäftigten Mann.

„Ungestört?“, wiederholte der Chefarzt. „Was hat das denn zu bedeuten? Kommen Sie nach 23.00 Uhr wieder. Da habe ich Zeit. Ich erwarte Sie dann bei mir zu Hause.“ Damit drehte er sich herum und wollte wieder gehen.

„Kriminalpolizei“, sagte Petersen. Dieses bewirkte, dass der Chefarzt wie elektrisiert stehen blieb und wartete, was noch kommen würde. Ja, es schien, als hätte er Angst, sich noch einmal den Kriminalisten zuzuwenden. Er hielt nur seinen Kopf etwas zur Seite und fragte leise: „Was möchten Sie?“

„Wir möchten uns mit Ihnen über Ihren Sohn unterhalten. Das sagte ich Ihnen schon.“

„Gut, kommen Sie mit.“

Der Chefarzt geleitete die beiden Kriminalisten in sein Büro. Es glich eher einer Privatbibliothek. Schränke mit meist alten, sicherlich sehr wertvollen Büchern füllten zwei der Wände aus. Ein massiver Schreibtisch mit vielerlei Utensilien befand sich vor dem doppelten Blumenfenster.

Dazwischen stand ein Stuhl mit einer hohen Lehne. In einer Ecke war ein ledernes Sofa mit zwei ebensolchen ledernen Sesseln um ein Rauchtischchen gruppiert.

Dort bat Doktor Winter die Kriminalisten Platz zu nehmen.

„Können Sie sich ausweisen“, fragte er, während er sich eine der Tabakspfeifen aus dem Pfeifenhalter herausnahm, sie stopfte und anbrannte.

Petersen zog umständlich seinen Dienstausweis hervor und stellte sich offiziell vor: „Ich bin Oberkommissar Petersen. Dieser Herr“, dabei zeigte er auf seine Begleitung, „ist Kommissar Schuster.“

„Was kann ich für Sie tun?“

„Wenn ich richtig informiert bin, hatte Ihr Sohn Matthias eine Freundin, die Annegret hieß“, begann Petersen vorsichtig, nach Worten suchend. „Ist das richtig?“

„Ja“, antwortete Doktor Winter und zog kräftig an seiner Tabakspfeife. „Sie sagten richtig: Er hatte! Hat das mit seinem jetzigen Verschwinden zu tun?“

Petersen ließ diese Frage unbeantwortet. „Warum ging diese Verbindung auseinander?“

„Warum fragen Sie den Jungen nicht selbst? Oder noch besser, dieses Mädchen? Ich habe mich in diese Angelegenheit nicht eingemischt. Ich weiß nur, dass Matthias eines Tages sehr verstört nach Hause kam und sagte, dass es mit dem Mädel vorbei sei. Sie soll die Studienreise unseres Sohnes ausgenutzt und sich einem anderen Jungen an den Hals geworfen haben. Mehr weiß ich nicht. Kann ich noch etwas für sie tun?“

„Wo ist Ihr Sohn jetzt?“

„Weg!“ Damit machte der Arzt eine Handbewegung, welche ‚überall und nirgends’ heißen könnte. „Ich dachte, dass Sie mir einen Anhaltspunkt über seinen Aufenthalt geben könnten.“

„Nein, leider. Seit wann ist Ihr Sohn weg?“

Der Doktor überlegte. „Das muss so etwa seit Mitte des Monats sein.“

„Gab es einen Grund dafür?“

„Grund! Grund! Er hatte es sich sehr zu Herzen genommen, dass seine ehemalige Freundin einen anderen Mann geheiratet hatte.“

„Woher wusste er, dass, und vor allem wann die Hochzeit war?“

„Ich glaube, er versteht sich trotz allem noch recht gut mit der Mutter des Mädchens. Vielleicht hatte sie es ihm gesagt. Aber genau weiß ich das nicht. Wissen Sie, ich habe hier in der Klinik viel zu tun. Habe also wenig Zeit für die Probleme meines inzwischen schon fast ‚flüggen' Sohnes. Aber, weshalb wollen Sie das alles wissen?"

„Es liegt eine Straftat vor, zu der wir Ihren Sohn hören müssen", erklärte Petersen ihm.

„Sie denken doch wohl nicht, dass mein Sohn unter die Räuber gegangen ist?", fragte Doktor Winter etwas belustigend.

„Nein", beschwichtigte Petersen ihn. „Er wurde uns als Zeuge zu einem schweren Verkehrsunfall benannt. Deshalb ist seine Aussage dringend erforderlich", log er.

„Und weshalb die Frage nach dem Mädel?" Der Chefarzt schien der Ausrede nicht so recht zu glauben.

„Wir wollten nur sicher gehen, dass es der richtige Junge ist, den wir für unsere Zeugenaussage brauchen."

„Tja", der Arzt erhob sich. „Ich muss weiter. Das war es doch wohl schon? Wenn Sie noch weitere Fragen haben, hier ist meine Karte." Damit zog er eine Visitenkarte aus der Kitteltasche hervor und überreichte sie Petersen.

Auch Petersen und Schuster hatten sich erhoben.

„Man sieht sich!", sagte der Arzt als Abschiedsgruß, und bedeutete damit, dass die beiden Kriminalisten wieder gehen sollten.

Draußen vor der Klinik grinste Schuster vor sich hin. „Da hast du aber gerade noch die Kurve gekriegt!"

„Was sollte ich machen? Ich konnte ihm doch nicht sagen, dass wir seinen Sohn wegen eines Mordes suchen. Was denkst du, was das für einen Ärger gäbe, wenn es sich nicht bestätigt! Ich denke, dass der Oberarzt viel zu beschäftigt war, um das zu merken. Komm, wir fahren zur Mutter", legte Petersen den nächsten Schritt fest.

„Sie wird uns nichts anderes sagen können, als der Vater, denke ich."

„Wir fahren zur Mutter der getöteten Frau", erklärte Petersen seinem Mitarbeiter.

„In die Höhle des Löwen? Du hast sie doch in der Pension »Waldesruh« kennen gelernt!"

* * *

Eine halbe Stunde später saßen die beiden Kriminalisten der trauernden Mutter gegenüber. Die schlanke Frau sah gealtert aus. Sicher, weil sie sich, seit sie die Nachricht vom Tode ihrer Tochter bekam, nun völlig gehen ließ. Nicht nur, dass sie seit Tagen kein Rouge mehr aufgelegt hatte! Der Alkohol, den sie seit dieser Zeit nur noch aus großen Gläsern trank, musste sein übriges getan haben. In der einen Hand ihr Taschentuch, in der anderen das obligate Cognacglas, versuchte sie, immer wieder von Weinkrämpfen geschüttelt, die Fragen zu beantworten.

„Ich habe Matthias am Tage nach der Hochzeit das letzte Mal gesehen. Zur Hochzeitsfeier selbst konnte ich nicht mitgehen. Die Migräne! Sie verstehen? Ich habe die Feier mit vorbereitet, aber mehr konnte ich nicht tun." Sie trank einen Schluck und sann wieder vor sich hin.

„Und wie war das mit Matthias?"

„Den hätte sie nehmen sollen, dann würde sie heute noch leben." Wieder setzte sie das Glas an die Lippen. „Ich habe ihr immer wieder gesagt, dass sie vor allem auch an die Zeit nach den Flitterwochen denken soll. Frau Bauarbeiter!", sagte sie geringschätzig. „Wie das klingt!“ Erneut nahm sie einen großen Schluck aus ihrem Cognacglas.

„Matthias wird bestimmt einmal ein guter Chefarzt! So wie sein Vater. An dem Jungen hätte sie dranbleiben sollen. Dann hätte man unserer Tochter auch die ihr gebührende Achtung entgegengebracht.“ Zur Abwechslung wischte sie sich ihre Tränen vom Gesicht. „Sie müssen entschuldigen, dass ich mich heute noch nicht zurechtgemacht habe. Aber die Tränen würden sowieso alles wieder verwischen.“ Wieder legte sie eine Pause ein, um das Glas endgültig auszutrinken. Dann goss sie es sich erneut voll.

„Matthias war doch nach der Hochzeit Ihrer Tochter bei Ihnen. Was wollte er?“

„Ach ja, der Matthias, was wäre das für ein stattlicher Schwiegersohn“, versuchte sie erneut, abzuschweifen. Dann fiel ihr wieder die Frage ein. „Matthias? Ja, er sagte, dass er eine Überraschung für Annegret hätte. Ich sagte ihm, dass sie weggefahren sei. Das ist alles!“

„Sagten Sie, wohin das junge Paar gefahren war?“

„Sprechen Sie in meiner Gegenwart nicht wieder von einem »jungen Paar«!“, verbat sie sich diese Formulierung. „Natürlich habe ich ihm Annegrets Urlaubsadresse gegeben. Wenn er doch eine Überraschung für sie hatte!“, sagte sie unschuldig. „Übrigens, ich vermute, dass Sie den Jörg schon eingesperrt haben. Stimmt das?“

Petersen wiegte seinen Kopf. Er wollte weder »ja« noch »nein« sagen.

„Ach geben sie es nur zu!“ Sie tippte Petersen auf die Schultern. „Er ist plötzlich wie vom Erdboden verschwunden. Also werden Sie ihn schon eingesperrt haben.“ Wieder zog sie sich einen Moment in ihre Gedankenwelt zurück.

Dann nahm sie einen kräftigen Schluck aus ihrem Glas und sagte: „Das habe ich gleich gesagt, dass es irgendwann einmal so enden wird. Aber, dass der »Bauknilch« meine Tochter gleich umbringen musste, ist ungeheuerlich." Dabei legte sie all ihren Hass und ihre Verachtung gegen Jörg Schneider in die Bezeichnung »Bauknilch« hinein. Dann schluchzte sie wieder vor sich hin. Die Kriminalisten erhoben sich und verließen die Trauernde.

* * *

„Jetzt weiß ich, wer der Täter ist!" Petersen war sich auf einmal sicher.

„Nur beweisen müssen wir es ihm noch", entgegnete Schuster.

„Und zuvor erst einmal haben", hatte Petersen das letzte Wort. „Aber, wo sollen wir ihn suchen?"

„Wollen wir es nicht bei ihm zu Hause versuchen? Es wäre doch jammerschade, wenn wir in dem Moment wieder wegfahren würden, in dem der Junge möglicherweise wieder zu Hause auftaucht."

So fuhren die beiden zur Villa des Chefarztes. Die Adresse stand auf der Visitenkarte. Sie trafen dort nur die Mutter an. Der Junge war noch nicht wieder nach Hause gekommen. Die Mutter wusste auch nicht, wo er hingefahren ist.

„Matthias sollte eine Überraschung für Annegret gehabt haben. Was wissen Sie davon?"

Die Frau überlegte und schüttelte den Kopf. Darüber war ihr nichts bekannt.

„Raucht Ihr Sohn?"

„Ja! Hat das etwas mit seinem Verschwinden zu tun?"

„Man kann nie wissen", antwortete Petersen viel- und zugleich nichtssagend. Schuster ließ sich die Zigarettenmarke sagen, welche die Mutter aber nur ungefähr wusste.

„Finden Sie nicht in seinem Zimmer noch eine angefangene Schachtel?"

„Frau Winter fragte nicht, weshalb die Kriminalpolizisten ihr diese Fragen stellten. Sie erhob sich und ging aus dem Raum. Nach einer Weile kam sie zurück. Sie zuckte mit den Schultern. „Leider nichts. Nur diese angerauchte Zigarette hier." Dabei hielt sie Petersen unschlüssig den Zigarettenrest entgegen.

Am liebsten wäre Oberkommissar Petersen sofort aufgesprungen. Doch er hielt der Frau betont gelangweilt die Hand entgegen. „Mal sehen", sagte er gelassen, „vielleicht kann man damit etwas anfangen." Er ließ diesen Zigarettenrest in einen kleinen Plastebeutel fallen und steckte den Beutel ein.

„Sagen Sie, Frau Winter, haben Sie für uns ein Foto von dem Jungen?", wollte Petersen wissen. Und Schuster fügte hinzu: „Also eins, dass vor kurzem erst aufgenommen wurde."

„Da muss ich nachsehen." Wieder verließ sie das Zimmer.

„Nicht, dass sie uns ein Bild bringt, auf dem Matthias als Baby nackt auf einem Eisbärenfell liegend fotografiert wurde", ergänzte Schuster lachend, nachdem sie allein waren. Doch Frau Winter kam mit einem Foto zurück, auf dem ihr Sohn recht gut zu erkennen war.

„Das hatte Annegret von ihm aufgenommen", sagte sie dazu.

Mit dieser ‚Beute' fuhren die Kriminalisten wieder zu Ihrer Dienststelle zurück.

„Auf alle Fälle", so stellte Schuster auf der Rückfahrt befriedigt fest, „könnte es die Sorte sein, deren Kippen aufgefunden wurden.

„Jetzt haben wir auch das klassische Motiv, das du dir so gern gewünscht hattest“, sagte Petersen zu Schuster.

Dieser antwortete nur: „Mord aus Eifersucht!“

„Nur, wie kommen wir an den Jungen heran?“

* * *

Kapitel 20
25. August

„Alles in allem sind wir ein gutes Stück vorangekommen“, legte Petersen dem Staatsanwalt dar, der sich in der Polizeidirektion nach dem Stand der Untersuchung erkundigen wollte.

„Was heißt gutes Stück vorangekommen? Ich möchte langsam Ergebnisse sehen, Fakten, Petersen!“, verlangte Staatsanwalt Fricke. Wie so oft sah er Petersen über seine Brille hinweg an. „Und wenn es nur ein ganz kleiner Fakt wäre.“

„Wir haben eine Menge Leute überprüft und ausscheiden müssen. Jetzt haben wir eine Person, auf die wir unser ganzes Augenmerk richten müssen.“

„Überprüfen Sie diese Person!“

„Er ist nicht aufzugreifen. Ich muss ihn zur Fahndung ausschreiben! Und dazu brauche ich einen Haftbefehl.“

„Haben Sie einen dringenden Tatverdacht?“

„Einen dringenden Tatverdacht kann ich nicht vorweisen“, antwortete Petersen hilflos.

„Ohne dringendem Tatverdacht gibt es keinen Haftbefehl“, antwortete der Staatsanwalt kühl. Der kleine schlanke

Mann Mitte der vierzig schüttelte energisch den Kopf mit dem Rotschopf.

„Der ewige Papierkram“, schimpfte Petersen. Selten kam es vor, dass er so aus sich herausging. „Ohne dringendem Tatverdacht - keinen Haftbefehl! Ohne Haftbefehl - keine Fahndung! Ohne Fahndung - keinen Täter! Ohne Täter - keinen genetischen Test! Ohne Übereinstimmung des genetischen Abdruckes - keinen dringenden Tatverdacht! Wir drehen uns im Kreis! Merken Sie das nicht? Herr Staatsanwalt!“

„Ich kann mich nur an die Gesetze halten. Ja, wenn ein Zeuge ihn bei der Tat gesehen hätte! Aber so ...?“

„Wer soll ihn denn gesehen haben? Da oben allein! Auf dem Dachboden! Da sitzt doch nur ‚Nelson‘. Und der kann nicht sprechen.“ Petersen ließ resignierend die Hände fallen.

„Wer sitzt dort?“ Staatsanwalt Fricke glaubte nicht richtig gehört zu haben.

„„Nelson!, ein alter Kater. Petersen hat ihn so genannt!“

„Ich sagte doch schon“, mischte sich Schuster in das Gespräch ein. „Du hättest die Katzensprache erlernen sollen, statt russisch!“

„Lassen Sie diese Späße“, wies ihn der Staatsanwalt zurecht. Er strich sich über sein kurzes rotblondes Haar. „Die Lage ist ernst genug. Ich möchte Ihnen ja helfen. Aber das Gesetz bindet mir die Hände. Ich darf es einfach nicht!“, sagte er um Verständnis flehend.

Damit ließ er die Kriminalisten allein. Dann saßen sich die beiden in ihrem Büro gegenüber. „Katzensprache“, murmelte Petersen vor sich hin. „Wer kann das schon? Weißt du, Schuster, es ist zum Verzweifeln.“

„Hattest du mir nicht vorher auch das gleiche gesagt, mit dem dringenden Tatverdacht?“

„Ich bin also mit meinen eigenen Worten gefangen."

„Nein, das Gesetz bindet dir genauso die Hände, wie dem Staatsanwalt. Das ist es!"

„Wie kommen wir aus diesem Teufelskreis nur heraus? Komm, wir statten Herrn König wieder einmal einen Besuch ab. Wir haben doch jetzt den Zigarettenrest und das Foto!"

„Denkst du, dass ihn auch nur einer erkennt? Wer weiß, ob er überhaupt dort gewesen ist?"

„Eben! Das müssen wir herausbekommen!"

* * *

Kurze Zeit später standen die Kriminalisten erneut vor der Pension. Der Wirt wollte sich bei ihrem Erscheinen, unter dem Vorwand einer wichtigen Arbeit, entschuldigen, doch es gelang ihm nicht. Petersen zitierte ihn in den Schankraum an einen Tisch. Die Gaststätte war zu dieser Zeit ohnehin leer. „Nun hören Sie mit dem Versteckspielen auf, Herr König! Sonst unterhalten wir uns in unserem Büro weiter. Dann ist es mir egal, was aus Ihrer Pension wird! Wir könnten sonst annehmen, dass Sie der Mörder sind! Sie wissen im Haus ja am besten Bescheid!"

Bei dieser Anschuldigung zuckte König merklich zusammen. „Nein, mit dieser Frau hatte ich nichts zu tun."

„Aber hätten Sie es nicht gern? Herr Schneider hat uns erzählt, dass Sie sich fast umgebracht hatten, als Sie die Frau sahen! Also, was ist los?"

Die Worte Petersens müssen ihn hart getroffen haben. Der Hinweis darauf, wie er diese junge hübsche Frau bei ihrer Ankunft ansah, machte ihn nervös. Der Wirt erinnerte sich auch an die Frau damals, zu der er mit in das Zimmer ging und bei der er dann von seiner Frau in flagranti erwischt wurde. „Ich weiß", sagte er tonlos. „Alles deutete jetzt darauf hin, dass ich, der Wirt dieser Pension, es erneut darauf angelegt haben könnte, mich meiner Wollust hinzugeben."

„Kennen Sie diesen jungen Mann?", fragte der Oberkommissar, indem er dem Wirt das Foto vorlegte.

„Muss ich den kennen?", erwiderte der Wirt, ohne sich das Bild intensiv angesehen zu haben.

„Sehen Sie es sich genau an", forderte Petersen ihn auf.

„Tja, ich weiß nicht", sagte König nach einem weiteren Blick auf das Foto langgedehnt. „Vielleicht war er mal hier." Er zuckte mit den Schultern. „Ich kann es aber nicht mit Sicherheit sagen. Andererseits, es kann schon sein, dass ich ihn mal gesehen habe", antwortete er unbestimmt.

„Was ist? War er mal hier? Oder nicht?"

„Soll er wirklich in der Nacht des Mordes hier gewesen sein?" Herr König tat so, als überlege er.

„Dann fragen Sie doch am besten mal bei Brunners nach, oder Herrn Blauhaupt", wollte er die Verantwortung für das Wiedererkennen abschieben. Dabei wusste er nur zu gut, dass ausgerechnet Herr Blauhaupt zur Zeit nicht anwesend war. Herr König rief seine Frau hinzu. Aber auch sie konnte keine befriedigende Antwort geben. „Wissen Sie, ich bin den ganzen Abend über in der Küche gewesen. Ich habe niemanden gesehen." Mehr war aus ihr nicht herauszubekommen. Das war weder Zustimmung, noch Ablehnung. Vielleicht war sie selbst nicht so ganz von der Unschuld ihres Ehemannes überzeugt, und somit hatte sie ihn weder vom Verdacht befreit, noch ausgeliefert.

* * *

„Also ab, Schuster, wir fahren zu Brunners!"

Der Hof des Ehepaares Brunner machte einen ordentlicheren Eindruck. Petersen machte Schuster darauf aufmerksam. „Sieh dir diesen Hof mal im Gegensatz zu Steinbauers an. Fällt dir da etwas auf?"

Schuster schmunzelte nur. „Ich möchte nur mal wissen", fragte er, „was dich an Misthaufen einzelner Höfe so fasziniert?"

Petersen winkte ab. „Ach lass sein! Das verstehst du ja doch nicht!" Auf dem Hof trafen sie nur Frau Brunner an. Petersen reichte ihr das Foto. „Kennen Sie den jungen Mann?"

Lena Brunner überlegte angestrengt. „Wissen Sie, mir kommt es so vor, als hätte ich ihn schon einmal gesehen. Das Beste wäre, Sie würden meinen Mann danach fragen, aber der ist gerade auf dem Acker. Wenn Sie noch etwas Zeit hätten? Er wird sicher bald wieder hier sein. Also eins kann ich Ihnen sagen: Zu unserer Verwandtschaft gehört er nicht. Wenn er trotzdem am achtzehnten in der »Waldesruh« gewesen ist, kann er nur so als vorüberkommender Gast dort gewesen sein. Übrigens, dieser hier," dabei sah sie sich das Foto noch einmal an, „macht einen anderen Eindruck, als Sepp. Jünger! Vielleicht wäre es besser gewesen, wenn ich ihn, statt des Sepp Steinbauer als vierzehnten Gast eingeladen hätte. Wo wohnt er denn?" Frau Brunner erzählte noch, bis ihr Ehemann mit dem Traktor vom Acker kam.

„Stimmt etwas nicht?", fragte er, während er abstieg und sich den Kriminalisten näherte.

„Du sollst dir mal das Foto ansehen", sprach ihn seine Frau an. Frank Brunner sah sich die Fotografie an und sagte: „Das muss ein Gast aus der Pension gewesen sein. Was ist mit ihm?"

„Sind Sie sicher?", fragte Petersen zurück.

„Ja, während der Geburtstagsfeier stand er draußen vor der Tür mitten unter meinen Geburtstagsgästen und hat mit ihnen diskutiert, und soweit ich weiß, hatte er damals auch ein Bier in der Hand. Ich kann allerdings nicht sagen, wo er abgeblieben ist. Ist er etwa auch tot?"

Mit einem „Danke schön" verließ Petersen mit Schuster Brunners Hof. „Wenn er ein Bier in der Hand hatte", überlegte Schuster laut, „dann musste er es doch irgendwo her haben. Also sagt der Wirt nicht die Wahrheit!"

„Ich werde langsam verrückt", schimpfte Petersen vor sich hin, während sie erneut zur Pension »Waldesruh« fuhren.

* * *

„Herr König", fuhr der Oberkommissar den Wirt an. Er war nach dem Besuch bei Brunners noch einmal mit Kommissar Schuster zur Pension »Waldesruh« gefahren. „Entweder Sie sagen jetzt die Wahrheit oder ich lass den Laden schließen! Ich habe es langsam satt, immer hin- und herzufahren, nur, um eine vernünftige Aussage von Ihnen zu bekommen. Bitte steigen Sie ein! Wir fahren nach Meuselwitz, in unser Büro!"

„Herr Kommissar, verstehen Sie doch ...!"

„Für Sie Herr Oberkommissar", fuhr Petersen ihn ins Wort. „Übergeben Sie das Lokal Ihrer Frau, und beeilen sie sich, damit wir keine Zeit verlieren!"

„Herr Oberkommissar", begann König erneut. „Ich bin Geschäftsmann."

„So? Was hat das damit zu tun?"

„Der junge Mann hatte ein Zimmer gebucht. Für das nächste Jahr! Das lässt man sich doch nicht entgehen!"

Petersen sah ihn fragend an.

„Ja, genau in einem Jahr wollte er wiederkommen und ein Zimmer haben."

„Ist das üblich, das Zimmer so lange voraus zu bestellen?"

„Es gibt solche und solche."

„Was heißt das?", wollte Petersen genauer wissen.

„Es gibt Leute, die sich beizeiten darum kümmern und solche, die erst im letzten Moment anrufen, und fragen."

„Und, was sagt der Geschäftsmann dazu, dass er den jungen Mann nun doch kennt?", sagte Petersen ihm auf den Kopf zu.

„Ich möchte niemanden ans Messer liefern, ohne zu wissen, ob er wirklich schuldig ist!"

„Nicht Sie haben zu entscheiden, ob schuldig, oder nicht! Das ist Sache des Gerichtes! Ich hatte Sie gefragt, ob Sie den jungen Mann auf dem Foto gesehen haben. Sie sollten nur sagen, ob Sie ihn wiedererkennen! Jetzt wissen wir, dass er hier war. Er wurde mit einem Glas Bier zwischen den Geburtstagsgästen gesehen", erklärte Petersen dem Wirt in einem scharfen Ton. „Und Sie eiern herum mit: ‚Ich weiß nicht und so'! Was soll ich von Ihnen halten?"

„Doch", erinnerte sich König plötzlich an den jungen Mann. „Er war dieser Tage mal kurz hier. Ich kann mir aber nicht denken, dass er mit dem Mord in Zusammenhang gebracht werden könnte."

„Das überlassen sie mal uns. Wo ist er jetzt?"

„Was weiß ich", antwortete der Wirt aufgebracht. „Sie denken doch nicht etwa, dass ich ihn beherberge!"

„Was ich denke, ist meine Sache! Ich möchte von Ihnen wissen, wo der junge Mann auf dem Foto jetzt zu erreichen ist."

„Ich möchte Ihnen die volle Wahrheit sagen. Geht das ... hier? Ich meine ... muss ich immer noch mit Ihnen auf Ihre Dienststelle?“

„Setzen Sie sich dorthin und erzählen Sie! Wir hören!“

* * *

Kapitel 21

„Wenn man dem Wirt trauen kann, könnte Matthias noch hier in der Nähe sein. Wir müssen uns abends hier aufhalten. Ich denke, eine Woche wird das schon mal gehen. Das kann doch nicht schwer sein, sich abends in eine Gaststätte zu setzen. Wir könnten uns ja abwechseln. Also ich fange heute an. Morgen bist du dran, dann wieder ich und so weiter! Das müsste klappen. Aber, wie gesagt, wenn wir dem Wirt trauen können.“

„Ich denke, du hast ihm so eingeheizt, dass er sich keine Eigenmächtigkeiten mehr traut. Ich werde heute Abend anfangen“, fügte Schuster hinzu. „Fahr du erst einmal nach Hause. Mit deinem verpatzten Theaterbesuch wirst du zu Hause sowieso schon die schlechteren Karten haben, denke ich.“

„Gut! Dann werde ich mich davonmachen.“

An den nächsten Abenden geschah nichts Besonderes

* * *

Am fünften Abend, Schuster saß zurückgezogen in einer Ecke, brachte ihm der Wirt ein Bier außer der Reihe. „Er ist da“, flüsterte er Schuster zu. „Er hat sich vorn an den kleinen Tisch links neben den Eingang gesetzt.“

„Gut! Dann rufen sie, wie abgesprochen Petersen an, er soll herkommen. Ich halte ihn hier solange auf.“

„Alles klar!“

Schuster stand auf und ging mit seinem Bierglas an den bezeichneten Tisch. Er setzte sich so, dass er dem jungen Mann notfalls den Fluchtweg versperren konnte. „Guten Abend“, grüßte Schuster den jungen Mann. „Trinken Sie ein Bier mit mir?“

Der junge Mann sah verwundert zu ihm auf. „Wieso sollte ich?“, fragte er zurück. Trotzdem setzte sich Schuster zu ihm und begann, ihn in ein Gespräch zu verwickeln. „Fremd hier?“, fragte er.

„Wieso interessiert es Sie?“, antwortete sein Gegenüber vorsichtig.

„Ich dachte, weil Sie allein hier am Tisch sitzen.“

„Ich bin gern allein. Da kann man seinen eigenen Gedanken nachgehen und die Leute gut beobachten.“ So zog sich das Gespräch über belanglose Dinge in die Länge. Immer wieder sah Schuster zur Uhr und dann abwechselnd zur Tür.

„Sie erwarten doch jemand. Wieso setzten Sie sich zu mir an den Tisch?“

Dann stand plötzlich Petersen in der Tür. „Herr Winter?“, fragte er den jungen Mann, der mit Schuster am gleichen Tisch saß. Und da dieser nicht gleich antwortete, fragte Petersen ein weiteres Mal: „Sind Sie Herr Winter?"

Der junge Mann war offensichtlich überrascht, dass ihn hier jemand mit seinem Namen ansprach. Vorsichtig nickte er.

„Matthias Winter?"

„Ja! Was wollen Sie von mir", schrie er plötzlich, dass es durch den ganzen Schankraum schallte.

„Ich möchte Sie bitten, mitzukommen!"

„Und wenn ich nicht möchte?"

„Kommen Sie schon", schaltete sich nun Schuster mit ein. „Kommen Sie!"

„Ach, Sie gehören wohl dazu? Ich dachte es mir doch, dass Sie ein Bulle sind! Also zwei gegen einen?"

„Kriminalpolizei! Zahlen Sie ihre Zeche und kommen Sie."

Während Matthias Winter das Portemonnaie zückte, um Geld für das Bier herauszunehmen, versuchte er zu fliehen. Schuster stellte ihm ein Bein, so dass er der Länge nach in der Gaststube hinfiel. Im Fallen riss er noch ein paar Gläser vom Nachbartisch hinunter. Petersen half Winter beim Aufstehen, ließ ihn aber nicht wieder los. „Machen Sie schon! Legen Sie das Geld einfach auf den Tisch", befahl er. Dann schleifte er den Jungen die Treppe zum Obergeschoss hinauf. Oben lief er mit ihm nach links, in Richtung Boden. Schuster folgte ihnen.

„Was wollen Sie von mir", schrie Matthias Winter, doch Petersen antwortete ihm nicht.

Langsam öffnete er die Tür. Dann schaltete er das Licht an. Ein schwacher Lichtschein fiel auf den aufgeräumten Fußboden. Mitten im Bodenraum saß, wie immer, der Kater, den Petersen »Nelson« getauft hatte.

* * *

„Das wird wieder eine lange Nacht, Schuster! Am besten ist es, wenn du erst einmal für uns alle einen Tee brühst." Petersen führte Matthias Winter in sein provisorisches Büro in Meuselroda.

„Setzen Sie sich", forderte er ihn auf.

„Ich will meinen Anwalt sprechen", protestierte Winter.

„Sie werden genügend Zeit erhalten, mit Ihrem Anwalt zu sprechen. Aber, ich muss bitten, alles zu seiner Zeit! Einverstanden?"

Matthias Winter reagierte nicht auf diese Worte. Er setzte sich auf den ihm zugewiesenen Stuhl und verschränkte die Arme vor der Brust. Gerade so, als ginge ihm das ganze Tun der Kriminalisten nichts an.

Petersen kramte in seinen Unterlagen. „Wo habe ich ihn nur gelassen?", murmelte er vor sich hin.

„Was suchst du nur die ganze Zeit?"

„Weißt du? Ich habe mir vor einigen Tagen einen Vernehmungsplan gemacht. Nun weiß ich nicht, wo er sich befindet."

„Den hattest du mir vorgestern über den Tisch gereicht. Du wolltest mir damit zeigen, dass man sich schon vorher, noch ehe man den Täter überhaupt gesehen hat, auf die Vernehmung vorbereiten müsse. Schließlich gäbe es, so deine Worte, zwingende Fragen, auf die bestimmte Antworten kommen müssten."

Damit griff Schuster in sein Schubfach und gab Petersen das Blatt zurück.

Mit einem flüchtigen Blick über das Geschriebene legte Petersen ihn zu den anderen Unterlagen. Nachdem er die Tonaufnahmetechnik eingestellt hatte, begann er: „Nennen Sie uns bitte Ihre Personalien!"

„Ich möchte erst meinen Anwalt sprechen. Oder meinen Vater. Eher sage ich kein Wort."

Petersen schob ihm das Telefon zu. „Bitte, bedienen Sie sich!"

Winter zögerte. Er wusste, dass weder sein Vater, noch irgendein Anwalt aus einem ‚X' ein ‚U' machen könnte. Trotzdem versuchte er, Zeit zu gewinnen. Seine Festnahme erfolgte für ihn ziemlich überraschend. Betont langsam nahm Matthias Winter den Telefonhörer ans Ohr und horchte auf das Zeichen. Dann wählte er eine Nummer. Es dauerte lange, bis sich am anderen Ende der Leitung jemand meldete.

* * *

Der Chefarzt war gerade von der Klinik nach Hause gekommen.

Noch während er die Haustür aufschloss, hörte er die Klingel des Telefons. „Ich komme ja", redete er vor sich hin. „Scheinbar schläft wieder alles im Hause, sonst hätte längst jemand abgenommen." Immer noch klingelte es. Er ging in sein Arbeitszimmer, um den Hörer abzunehmen. „Ja, hier Winter" sagte er.

„Papa?", kam es zögernd aus dem Telefonhörer.

„Matthias, bist du es? Ich dachte erst, es wäre jemand aus der Klinik. Wo bist du jetzt? Zu dieser Zeit? Und weshalb rufst du so spät an?"

„Papa!" Matthias Winter machte eine Pause, weil er sich nicht getraute, seinem Vater alles am Telefon zu erzählen. Er suchte nach Worten. Dann erst sprach er weiter: „Ich bin in Schwierigkeiten! Kannst du mir helfen?"

„Wenn du keine Schwierigkeiten hättest, würdest du wohl

kaum anrufen. Dich sucht die Polizei! Weißt du das?“

„Ja, jetzt haben sie mich! Sie suchen mich nicht mehr!“

„Um Gottes Willen! Junge! Bist du etwa verhaftet? Was hast du getan?“, fragte Herr Winter seinen Sohn aufgeregt. „Sie waren hier und haben uns nach dir ausgefragt. Also, sprich schon, was ist los mit dir?“

Erst nach einer Weile fragte der Junge: „Kannst du herkommen?“

„Natürlich helfe ich dir. Wo bist du?“

„Bei der Polizei in ...“, der Junge sah sich fragend um, doch keiner der Kriminalisten kam ihm zur Hilfe.

„In Meuselroda. Das liegt am Rande des Harzes“, sprach er dann weiter.

„Gut, ich komme! Ich fahre morgen früh gleich los! Brauchst du Geld, für die Heimfahrt?“

„Nein, dazu werde ich sicherlich vorerst nicht kommen“, schätzte der junge Mann die Situation ziemlich real ein.

„Matthias! Junge! Was ist los? Sag es mir doch!“

Der Junge schwieg.

„Oder brauchst du einen Anwalt?“

„Ich glaube, ja!“

Dann hörte Herr Winter nur noch den Ton des Telefons. Er lief ins Schlafzimmer. „Helen, schläfst du schon?“

„Was ist?“, fragte seine Ehefrau verschlafen.

„Matthias ist in Schwierigkeiten. Er rief eben an. Ich soll morgen zu ihm kommen.“ Sofort richtete sich Frau Winter im Bett auf. „Was ist? Du sollst den Jungen holen?“

„Ich denke, holen werde ich ihn nicht können“, antwortete er nachdenklich.

„Was redest du da. Weshalb sollst du zu ihm kommen? Wo ist er überhaupt?“

„Er sagte etwas von Meuselroda. Das muss ein kleines Nest im Harz sein."

„Und?"

„Ich soll einen Anwalt mitbringen. Es muss etwas Schlimmes passiert sein. Ich werde gleich noch Doktor Pfeifer anrufen." Doktor Winter sah auf seine Uhr. „Hoffentlich ist er noch nicht zu Bett gegangen."

Damit ging er erneut in sein Arbeitszimmer. Helen Winter, die große schlanke Frau mit den dunkel gefärbten Haaren folgte ihm. Er wählte die Telefonnummer seines Anwaltes. Es dauerte nicht lange, bis er sich meldete.

„Hier spricht Doktor Winter. Guten Abend! Hoffentlich waren Sie noch nicht zu Bett gegangen", entschuldigte er sich.

„Nein, ich arbeite noch. Was liegt an, dass Sie so spät noch anrufen?", zeigte sich der Anwalt jovial.

„Mein Sohn rief eben an, er scheint ernsthafte Schwierigkeiten zu haben. Ich soll gleich morgen früh zu ihm kommen."

„Und, was soll Ihr nächtlicher Anruf bei mir? Winter! Sie rufen mich doch nicht aus Langeweile an, nur so, um mir das mitzuteilen."

„Ich wollte sie bitten, mich zu begleiten. Der Junge ist bei der Polizei."

„Um Himmelswillen, so sagen Sie mir doch schon, was passiert ist. Natürlich komme ich mit."

„Ich weiß ja selbst noch nicht, was passiert ist. Er konnte offensichtlich am Telefon nicht ausführlich sprechen. Darf ich Sie morgen früh um sechs Uhr abholen?"

„Ich lasse doch einen alten Freund nicht im Stich. Natürlich! Ich erwarte Sie dann. Gute Nacht." Nachdenklich legte Herr Winter den Hörer wieder auf.

„Was ist nur geschehen?“, fragte seine Frau, während sie immer wieder nervös an ihre Lockenwickler fasste. Es sah so aus, als wolle sie prüfen, ob sie auch noch alle da seien. „Soll ich mitkommen?“, fragte sie.

„Bleib du nur hier“, legte ihr Ehemann fest.

Dann gingen sie zu Bett. Aber beide konnte lange nicht einschlafen.

* * *

Petersen konnte sich eines Lächelns nicht erwehren, als Matthias den Ort Meuselroda als Polizeistandort nannte. Doch das war ihm egal. Der Vater würde nun etwas länger brauchen, um Petersens Dienststelle zu finden. Aber Meuselroda lag von der Kreisstadt Halle ja nur wenige Kilometer entfernt.

„Ich denke, wir haben Sie telefonieren lassen, nun werden Sie uns einige Fragen beantworten.“

Nachdem Matthias Winter telefoniert hatte, stellte Schuster ihm eine Tasse Tee auf den Tisch.

„Dann wollen wir mal anfangen“, begann Petersen, nachdem er ebenfalls einen kleinen Schluck dieses noch fast kochendheißen Getränks aus seiner Tasse getrunken hatte.

„Womit?“, fragte Matthias verwundert.

„Mit Ihrer Vernehmung. Es wäre Schade um die Zeit, die nutzlos verstreichen würde.“

„Nutzlos? Würden Sie nicht auch lieber erst einmal bis morgen früh schlafen?“

„Fangen wir einstweilen an. Wir nehmen sowieso alles auf Band auf. Ihr Vater und der Anwalt können morgen den

Verlauf der Vernehmung nachvollziehen, wenn sie das Band hören."

Matthias legte die Arme vor sich auf den Tisch und bettete den Kopf darauf.

„Müde?", fragte Petersen.

„Ja", antwortete Matthias, aber er richtete sich wieder auf.

„Wie lange haben Sie nicht geschlafen?"

„Ich kann nicht mehr schlafen."

„Aber meine Fragen können Sie beantworten, oder nicht?"

„Doch, schon." Matthias wünschte sich nichts sehnlicher herbei, als den nächsten Morgen, an dem er mit seinem Vater sprechen konnte.

„Wie lange sind Sie schon hier in dieser Gegend?", stellte Petersen seine erste Frage.

„Seit dem fünfzehnten!"

„Und wo waren Sie am achtzehnten dieses Monats?"

„Auch hier irgendwo in der Gegend", antwortete Matthias und deutete mit der Hand im Kreis herum.

„Ein wenig genauer möchten wir es schon wissen, Herr Winter!"

„Ich weiß es nicht genau."

„Haben Sie sich nicht hier in der Gegend um ein Zimmer für nächstes Jahr bemüht?" Petersen musste das erste Mal von seinem Vernehmungsplan abschweifen.

Matthias sah Petersen erstaunt an. „Woher wissen Sie das so genau?"

„Ja oder nein!"

„Ja", kam die Antwort unwillig.

„Also, ich wiederhole meine Frage: Wo waren Sie am achtzehnten dieses Monats?"

„Dann werden Sie das wohl auch schon wissen", antwortete Matthias resignierend.

„Übrigens, Annegrets Mutter sagte, dass Sie für Annegret eine Überraschung hätten. Was haben Sie ihr denn mitgebracht?"

Wieder sah Matthias zu Petersen auf.

„Was war das? Kommen Sie schon, erzählen Sie es uns."

„Nichts!"

„Nichts?", wiederholte Petersen.

„Nichts!" bestätigte Matthias noch einmal.

„Und für Nichts und wieder Nichts fahren Sie hierher? Was wollten Sie dann von der jungen Ehefrau?", fragte Petersen gedehnt.

Diese Worte »junge Ehefrau« scheinen Matthias besonders weh getan zu haben. Er legte seine Arme wieder auf den Tisch, versteckte seinen Kopf darin und begann zu weinen. Das erschien Petersen der geeignete Augenblick für seine nächste Frage zu sein. „Haben Sie Annegret Schneider getötet?"

Matthias Winter antwortete nicht. Er schien diese Frage gar nicht gehört zu haben.

„Wir möchten eine Antwort von Ihnen", fuhr Schuster dazwischen.

„Kann ich die Frage noch einmal hören? Bitte!" Damit richtete sich Matthias Winter wieder etwas auf.

„Der Oberkommissar", dabei beugte sich Schuster etwas zu Winter herab und deutete dabei mit der Hand auf Petersen, „fragte, ob Sie Annegret Schneider getötet hätten!"

„Ich kenne keine Annegret Schneider", antwortete Winter patzig.

„Aber eine Annegret kennen Sie, oder nicht?"

„Ja."

„Wie heißt diese Annegret, welche Sie kennen, mit dem Familiennamen?"

„Werner!"

„Was", tat Petersen erstaunt, „Sie wussten nicht, dass Annegret geheiratet hatte?"

Winter antwortete wieder nicht auf Petersens Frage.

„Kommen Sie, erzählen Sie über die Annegret, die Sie kennen", forderte Petersen Matthias auf.

„Kennen?", fragte Matthias bitter.

„Ich habe gedacht, dass ich sie kennen würde! Wir waren Nachbarn und wuchsen gemeinsam auf. Schon als Kinder galten wir als Paar. Wir spielten gemeinsam Hochzeit. Annegret war die Braut und ich der Bräutigam. Unsere Eltern fanden diese Spiele gut.

Nach unserem Abitur trennten sich unsere Wege, aber nur zeitweilig. Ich nahm ein Medizinstudium auf und Annegret studierte Jura. So wollten wir beide in die Fußstapfen unserer Väter treten. Auch während dieser Zeit waren wir, wie man so sagt, ein Herz und eine Seele. Wir besuchten gemeinsam Kommilitonen oder gingen zu Discos.

Annegret wurde, wenn sie uns besuchte, von meinen Eltern genau so herzlich willkommen geheißen, wie ich von Annegrets Eltern.

Ich wünschte mir nichts sehnlicher, als dass unser Kindertraum wahr werden würde und wir beide heirateten. Aber ich wollte erst mein Studium beenden. Aus diesem Grunde haben wir auch nicht offiziell von Heiraten gesprochen. Das heißt ..." Matthias machte eine kleine Pause. „Das heißt: Annegret hatte hin und wieder davon geredet, dass sie gern heiraten würde. Aber ich hielt sie immer wieder hin. Erst wollte ich Arzt sein.

Dann musste ich weg! Ein Spezialstudium in den USA! Und wieder drängte mich Annegret, vorher noch zu heiraten. Ich machte ihr klar, dass das nicht mit meinen Plänen vereinbar sei. Dann reiste ich ab."

Matthias schwieg.

„Was war dann?", forderte Petersen ihn auf, zu erzählen.

„Dann...? Ja dann habe ich Annegret nicht wieder gesehen."

„Wirklich nicht?"

„Nein! Und alles andere müssen Sie mir erst beweisen!"

„Ich bin sicher, dass wir es Ihnen beweisen können. Ihnen brauche ich doch nichts über einen genetischen Abdruck erzählen. Wir bringen Sie zur Rechtsmedizin. Dort wird man die entsprechenden Tests durchführen."

„Morgen früh kommt mein Vater mit unserem Anwalt", versuchte Matthias sich dagegen zu wehren. „Sie werden Ihnen sagen, ob Sie das dürfen, oder nicht."

„Ich sagte das lediglich als eine Feststellung und nicht als Drohung. Also, wann haben Sie Annegret das letzte Mal gesehen?"

„Ich sagte das ja schon. Das war, als ich mich verabschiedete, um in die USA zu fliegen."

„Und später wirklich nicht wieder", fragte Petersen mit Nachdruck. Schuster sagte: „Sie lügen, Herr Winter!"

Matthias Winter sah Schuster böse an.

„Wir werden Ihnen alles beweisen", erklärte Petersen ihm diesen Einwurf und fuhr fort: „Was haben Sie in der Pension »Waldesruh« gewollt?"

„Bier trinken, was sonst. Können Sie mir etwas anderes beweisen? Sogar Ihr Kollege hat mich dabei gesehen."

„Stimmt! Fragen wir konkreter: Was haben Sie am achtzehnten dieses Monats in dieser Pension gemacht? Sie wur-

den an diesem Abend ebenfalls dort gesehen!"
„Ich wollte wieder einmal ein Bier trinken. Da war eine Feier und die Leute hatten mich zu einem Bier eingeladen. Ist das strafbar?"
„Das nicht." Dabei legte Petersen die Betonung auf ‚das'.
„Was taten Sie überhaupt in dieser Pension?"
„Ich wollte mir ein Quartier für das nächste Jahr aussuchen."
„Und die Adresse hatten Sie von Frau Werner. Ist das richtig?"
Matthias schwieg.
„Sie brauchen nicht zu antworten. Sie hat es uns selbst erzählt." Petersen lächelte Matthias an.
„Stimmt", gab Matthias zu. „Ich fragte nach meiner Rückkehr nach Annegret, und da sagte sie mir, dass Annegret im Urlaub sei."
„Deshalb sind Sie ihr nachgefahren?"
„Ja!"
„Und, haben Sie Annegret gesehen?"
„Nein! Das sagte ich Ihnen ja schon."
„Hatte Frau Werner Ihnen gesagt, dass Annegret und ihr Ehemann auf Hochzeitsreise waren, also ihre Flitterwochen hier verbrachten?"
Matthias sprang von seinem Stuhl auf. „Für mich war Annegret nicht verheiratet!", schrie er.
„Wieso nicht?", tat Petersen erstaunt.
„Weil ich sie heiraten wollte! Ich!"
„Vielleicht wollte Annegret nicht so lange warten?", fragte Petersen lauernd.
Matthias Winter schüttelte den Kopf. „Ich hätte nie gedacht, dass sie einen Bauarbeiter nehmen würde", antwortete

er dann voller Verzweiflung.

„Und deshalb haben Sie sie umgebracht?"

Winter schwieg.

„Herr Winter, ich habe Verständnis dafür, dass Sie nicht mit ‚fliegenden Fahnen' kommen und sagen: ‚Sie brauchen nichts zu fragen. Ich habe es getan.' Aber jetzt ist der Moment gekommen, an dem Sie einschätzen müssen, wie es weitergeht. Auch Ihr Anwalt kann den Mord nicht ungeschehen machen. Er kann uns zwar die Arbeit erschweren, aber nicht die Beweise vom Tisch wischen.

Annegret Schneider, ich betone Schneider, ist ermordet worden. Sie, Herr Winter, sind am Tattag gesehen worden. Anhand der vorgefundenen Spermaspuren werden wir Sie auch als Täter überführen. Aber", - und Petersen machte eine bedeutungsvolle Pause, „es liegt an Ihnen, ob das Gericht einen reuevollen Täter sieht, bei dem es mit der Bestrafung nicht so hoch zu gehen braucht, oder einen uneinsichtigen hartnäckigen brutalen Mörder! Und die Höchststrafe für Mord ist beachtlich!"

Es folgte erneut eine Pause.

„Also, haben Sie Annegret Schneider ermordet, oder nicht?"

* * *

* * *

Kapitel 22

Winter schätzte seine Chancen ein. „Wie meinten Sie das?", wich er einer konkreten Antwort aus. „Wenn ich die Wahrheit sage, bekomme ich nicht so eine hohe Strafe? Können Sie mir das garantieren?"

„Das habe ich nicht einmal gesagt, geschweige, dass ich dafür garantieren kann. Ich meine nur, dass das Gericht aus den Akten entnehmen kann, ob der Verdächtigte bei der Wahrheitsfindung aktiv mitgewirkt hat oder nicht." Oberkommissar Petersen nutzte eine kleine Pause zu einem erneuten Schluck heißen Tees.

„Also sind Sie in die Pension gegangen, um Annegret zu töten. Wie ging es weiter?"

Wieder überlegte Matthias Winter. Dann begann er langsam:

„Ach, das war doch ganz anders! Das wollte ich doch gar nicht."

„So? Was wollten Sie dann?"

„Annegret wiedergewinnen! Ich wollte sie einfach nicht diesem Bauarbeiter überlassen."

„Wie wollten Sie das anstellen?"

„Ach irgendwie! Ich dachte mir, wenn Annegret ein Kind von mir bekäme, würde sich ihr Mann bestimmt von ihr scheiden lassen."

„Und Sie meinen Annegret hätte dieses Spiel mitgemacht? Wie kamen Sie nur auf diese absurde Idee?"

„Es fing damit an, dass ich Annegret nach meiner Rückkehr aus den USA besuchen wollte. Frau Winter empfing mich, wie immer. Auf die Frage, wo Annegret sei, weinte sie. Sie sagte, dass Annegret während meiner Abwesenheit einen Bauarbeiter kennen gelernt hatte und sie sich auf einer gemeinsamen Urlaubsreise in der Pension »Waldesruh« in Meuselroda befänden. Sie sprach von Urlaubsreise und benutzte nicht einmal die Worte: Hochzeitsreise!

Als ich die Mutter fragte, ob sie inzwischen geheiratet hätte, hatte sie nur genickt. Deshalb fuhr ich Annegret nach. Ich suchte mir in der Nähe von Meuselroda ein Quartier. Dann versuchte ich, an Annegret heranzukommen. Es gelang mir aber nicht."

„Wie haben Sie das gemacht?"

„Ich hatte mir die Pension tagsüber genau angesehen. Da bin ich niemandem aufgefallen. Abends habe ich mich eine Weile auf dem Boden der Pension versteckt, weil ich wusste, dass Annegret vor dem Schlafengehen nochmals auf die Toilette gehen würde."

„Und?"

„Die ersten Tage kam sie nicht, solange ich dort stand. Ich muss aber sagen, dass ich nicht allzu lange dort auf dem Boden stand. Eine Zigarettenlänge vielleicht. Ich musste ja aufpassen, dass ich noch ehe die Pension geschlossen wurde, wieder draußen war."

„Sie haben immer noch nicht gesagt, was Sie von Annegret Schneider wollten!"

„Ich wollte sie zur Rede stellen."

„Und deshalb so ein Aufwand?"

Winter schwieg. Er nahm einen großen Schluck vom Tee.

„Wie ging es dann weiter?"

„Dann, als die Feier in der Pension »Waldesruh« stattfand,

war ich mir sicher, dass ich sie sehen würde. An so einem Tag, würde die Pension bestimmt länger offen sein. Also wartete ich. Ich ließ die Bodentür einen kleinen Spalt breit offen. Zuerst kam eine alte Frau, die zur Toilette ging. Nachdem die Frau wieder in ihrem Zimmer war, wartete ich weiter auf Annegret. Ich war mir sicher. Einmal würde sie kommen!

Gerade, als sie aus der Zimmertür kam, um zur Toilette zu gehen, kam auf dem Boden eine Katze zu mir. Sie wollte von mir gekrault werden. Ich durfte aber die Gelegenheit, mit Annegret zu sprechen, nicht verpassen. Deshalb versetzte ich der Katze einen Fußtritt, so dass sie, wie ein Fußball durch den Boden flog. In diesem Augenblick verschwand Annegret in der Toilette! Noch ehe ich sie sprechen konnte.

Aber, als sie herauskam, rief ich sie leise. Sie erkannte mich und kam zu mir. Sofort schloss ich die Bodentür hinter ihr. Annegret wollte wissen, was ich in der Pension suche.

Ich sagte ihr, dass ich sie suchte. Sie sollte mit mir wieder zurückkommen. Sie lachte mir ins Gesicht und sagte, dass sie bereits mit einem anderen Mann verheiratet sei."

Wieder schwieg Matthias.

„Erzählen Sie uns auch den Schluss?"

„Ich wollte sie küssen. Durch ihre Verweigerung erregte sie mich. Außerdem hatte sie ja fast nichts an. Nur ein Negligé, ein Flatterhemd und einen Slip." Matthias machte wieder eine Pause. Erneut musste Petersen den jungen Mann auffordern, weiter zu erzählen.

Ganz langsam erzählte Matthias Winter weiter. „Ich drückte Annegret zu Boden und versuchte, den Geschlechtsverkehr mit ihr zu erzwingen.

Als ich ihr den Slip auszog, wehrte sie sich und schrie auf! Um einen weiteren Schrei zu unterbinden, drückte ich ihr den

Hals zu. Als sie sich nicht mehr wehrte, führte ich den Geschlechtsverkehr durch. Dann erst bemerkte ich, dass sie ..."

„Was war mit Annegret?", fragte Petersen ungerührt.

„Annegret war tot!", beendete Matthias den Satz. „Ich saß die ganze Nacht bei ihr und sah sie an. Erst als es Morgen wurde, deckte ich sie mit einer Plane zu. Frühmorgens hörte ich, dass sie von ihrem Mann gesucht wurde. Als er seine Frau in der Damentoilette suchte, schlich ich mich dort vorbei."

„Was wäre, wenn er Sie dabei gesehen hätte?"

„Da wäre gar nichts! Immerhin lagen hinten in der Ecke neben der Bodentür die Herrentoiletten. Ich hatte inzwischen gehört, dass der Wirt das Haus aufgeschlossen hatte. So konnte ich ungesehen die Pension verlassen." Matthias Winter rutschte auf seinem Stuhl zusammen. „Das war's", sagte er leise.

„Warum sind Sie eigentlich immer noch hier? Weshalb sind Sie nicht inzwischen wieder abgereist?"

Matthias versuchte eine Antwort. „Vielleicht, weil Annegret ...?" Doch er schwieg. Möglicherweise hatte er vor dieser Antwort selbst Angst.

„Der Kater »Nelson« hatte sich gerächt und Sie verraten, als wir mit Ihnen auf den Boden kamen", sagte Schuster zu Matthias Winter.

Widerstandslos ließ Winter sich abführen.

„Da kann Frau Brunner aber froh sein, dass sie diesen Mann nicht als vierzehnten Gast eingeladen hatte", konnte sich Schuster einen Kommentar nicht verkneifen.

Ende

Blaulicht als Taschenbuch
erweiterter Umfang, neues Layout, neue Krimis
jedes Buch 7,75 €

25/26	**K. Peschke**	Traum von Venedig / sechsundsechzig
27	**R. Christianen**	Kurgeschichte
28	**Monika Helmecke**	Ein Schuß zurück
29	**Monika Helmecke**	Ein Lachen zu viel
30	**Frank Riedel**	Tod am Haff Stoever und Brockmöller sind wieder da
31	**H. Kiesewetter**	Ruhrpott, Filz und Morde
32	**Jürgen Hochstein**	Der Dorn des Mörders
33	**Monika Helmecke**	Die Frau mit den Blumen
34	**Andreas Schieck**	Nur die Ratte kennt den Weg
35	**Frank Riedel**	Tödlicher Störfall Stoever und Brockmöller
36	**Andreas Schieck**	Mord vor dem Tod
37	**Michael Hoppe**	Das Böse nebenan
38	**J.- M. Worbs**	Er Furcht

39	**Andreas Schieck**	Die Ratte mit dem Goldring
40	**Klaus Peschke**	Doreen M.
41	**Klaus Peschke**	Tod des Verlegers
42	**Frank Riedel**	Designertod
43	**Andreas Schieck**	Die Ratte im Schlossarchiv
44	**J.-M. Worbs**	Verhängnisvolle Reise

Auch die Bände 1 - 24 können im Verlag bestellt werden

Band 1 bis 12	**1,00 €**
Band 13 bis 22	**1,20 €**
Band 23/24	**2,50 €**

Neu im Block – Verlag

Türkei

zwischen

Vorurteil und Faszination

von Manfred und Monika Helmecke

Tausende Kilometer durch die Türkei, dem „Brückenland" zwischen Europa und Asien, aber auch zwischen Vergangenheit und Zukunft. Von Istanbul aus fuhren die Autoren Monika und Manfred Helmecke entlang der Ägäis- und Mittelmeerküste nach Kappadokien (Zentralanatolien), folgtem dem Schwarzen Meer bis nach Ostanatolien. Sie kamen bis in die Grenznähe von Georgien, Armenien dem Iran, Irak und Syrien und kehrten schließlich durch die Mitte des Landes zum Ausgangspunkt zurück. In Tagebuchform werden ihre täglichen Eindrücke vom normalen Leben im muslimisch geprägtem Land geschildert. Zugleich werden interessante Geschichten, die dem Leser die überaus reiche kulturelle Vergangenheit des Landes vor Augen führen, eingestreut. Für alle Leser, die dieses Land besuchen wollen oder mehr über die Türkei kennen lernen wollen ein wichtiges Buch.

ISBN 978-3-942589-43-7 Preis: 21,40 €

Der Bestseller

Mythos

von

Alexander Steiner

Markus Harms stößt in einer seiner nächtlichen Recherchen auf eine ihm unverständliche Mail in griechisch. Zusammen mit seinem Freund, dem Historiker Gerald Carnet begeben sie sich auf eine abenteuerliche Suche nach mysteriösen Artefakten, die anscheinend zum sagenumwobenen Schatz der Nibelungen gehören. Ihre ganz und gar nicht ungefährlichen Nachforschungen beginnen in Neapel, erstrecken sich über ganz Italien, führen sie nach Tirol, Portugal, Ägypten und bis in den Iran. Es beginnt 540n.Ch., führt über Karthago, Konstantinopel, Babylon, Jerusalem, Alexandria, Glastonbury, Aquineum, und Worms. Aber auch Andere haben ebenfalls ein starkes Interesse an dem Schatz und seinen außergewöhnlichen Eigenschaften. Die Handlung führt in eine längst vergangene Zeit, die spannend und interessant geschildert wird. Für eine fast greifbare Nähe sorgen nicht zuletzt auch die detailreichen Grafiken des Autors.

ISBN 3-934988-44-X Preis : 12,80 €

Werte Leserinnen und Leser unserer Bücher!

Wenn Sie weiter Informationen über den **Block-Verlag** erhalten wollen, können Sie im Internet unter

www.block-verlag.de

viele interessante Einzelheiten und weitere Neuigkeiten erfahren. Es besteht auch die Möglichkeit uns per E-Mail Mitteilungen zu übersenden, unsere Adresse lautet:

E-Mail:block-verlag@block-verlag.de

Sollten Sie an Veranstaltungen mit unseren Autoren oder dem Verlag interessiert sein, können Sie direkt beim Verlag anrufen, faxen oder uns eine E-Mail schicken.

Telefon: 039080 9169
Fax: 039080 72173

Wir sind an Ihrer Meinung über unsere Bücher interessiert und freuen uns über Ihre Kritik, Ihre Anregungen und Wünsche

Ihr

Block-Verlag

Buchbestellungen über jede Buchhandlung oder direkt über den Verlag - per Fax/Tel., E-Mail oder über das Internet.